KB089922

노자,
그 느낌을 노래하다

노자, 그 느낌을 노래하다

초판 1쇄 인쇄일 2022년 10월 5일
초판 1쇄 발행일 2022년 10월 12일

지은이 심정자
펴낸이 양옥매
디자인 표지혜 송다희

펴낸곳 도서출판 책과나무
출판등록 제2012-000376
주소 서울특별시 마포구 방울내로 79 이노빌딩 302호
대표전화 02.372.1537 **팩스** 02.372.1538
이메일 booknamu2007@naver.com
홈페이지 www.booknamu.com
ISBN 979-11-6752-193-4 (03800)

노자,
그 느낌을 노래하다

심정자 지음

책과나무

노세 노세 노자와 함께 노세

심정자 시인의 글을 읽으면서 노자를 모르면서 노자를 읽자고 불쑥 내민 말이 곧 노자가 우리에게 보낸 초청장이었음을 깨닫는다. 무수히 많은 노자 전문가들의 해석과 해설을 읽으면서, 그들도 각각 다르게 읽는 노자를 전혀 노자를 모르는 우리는 그냥 우리끼리 우리식으로 읽자고 했다. 아니, 노자와 함께 노자를 가지고 놀자고 했다.

"보이지 않고 / 잡히지 않는 / 道(도)는 / 그냥 놔두고 / 점심이나 먹으러 가세"라는 시구를 노자가 보면 포복절도할 것이 아닐까? "흐릿하면 멈춰서 숨 고르고 / 늘어지면 움직여 생기 돋우면서" "오늘은 / 순박한 마음으로 // 하늘 한 번 보고 / 산 한 번 보고 // 어린아이처럼 / 이유 없이 춤이나 추겠네"라는 어린아이의 맘은 할아버지나 할머니 된 노자가 받은 또 다른 초청장이지 않을까?

"에헤라디야! / 손해가 이익이 되고 / 이익이 손해가 되네

// 얼씨구 좋다 / 음과 양의 조화로다 / 음 없이 양 없고, 양 없이 음 없네 // 정반합으로 돌아가는 세상 / 둥글게 둥글게 ~ / 함께 손잡고 / 한바탕 춤이나 춰 보세." 이렇게 고사리 손 내미는 손주 손 노자 할아버지가 덥석 잡고 나서면서 그래 "춤을 추자 / 둥글게 둥글게 / 빙글빙글 돌아가며 춤을 추자"고 나선다.

이 시는 옛날 노자가 마당에 나와 지금 노자를 불러내어 덩실덩실 노래하고 춤추는 그림이다. 노자를 노자로 꿰뚫은 깨달음의 시다. 시 자체가 추천사인 것을 알면서도 시인이 섭섭하지 않게 한마디 할 뿐이다. 존경과 기쁜 맘을 전할 뿐이다.

김조년 한남대학교 명예교수

분쟁의 시기에 순수함을

삶에서 나오는 글이 좋은 글이라고 한다.

육체적 고통을 치료하는 간호 장교로 23년,
정신적 아픔을 치유하는 상담교사로 15년을 봉직하며,
자연을 사랑하는 시인, 심정자 선생님은
부드러움과 겸손함으로
이웃들에게 항상 유익을 안겨 주신다.

도덕경을 새롭고 참신한 생각으로 시로 표현한
『노자, 그 느낌을 노래하다』는
욕망으로 서로 해하려는 분쟁의 시기에
욕심이 없는 천진난만한 소녀의 순수함을 전하여 준다.

윤석규 호수돈여자고등학교 교장

짤막한 시로 노자를 관통하는 혜안

육십이 넘은 나이에 노자를 처음 대하자마자
노자를 관통하는 내용을 짤막한 시로 표현하는
저자의 혜안에 감탄을 금할 수 없습니다.

내로라하는 학자들의 두꺼운 노자 강의 책에
선뜻 다가가기 어려운 분들에게 일독을 권장합니다.

한 수 한 수 저자의 시를 감상하며
명상에 젖어 노자의 언저리를 느끼기를….

이규봉 배재대학교 교수

한 세월의 공력이 쌓여 이룬 고요

한 세월 공력이 쌓인 대작입니다.
흐린 눈으로 일별해도 청신한 기운이
숨을 깊이 내쉬게 합니다.

有爲와 作爲란, 고작 無爲의 바다 위에 뜬 五六島!
소녀가 어미가 되고, 문학소녀가 장교가 되는
양극의 체험이 기묘하게 아울러…
거기 한 세월이 묵혀 급기야
'에헤라디야'라는 숨비 소리가, 해방의 탄성이 터지네요.

오랜 신앙생활이 노자와 만나
외려 선불교의 고요에 이른 듯하니 기묘합니다.

주마간산 훑고 한 자 남기는 것은
무성의가 아니라 놀람결의 토로입니다.

옛날 진해병원의 사려 깊고 알뜰하며 애틋하던 심성이
고스라니 남아 있으니, 감사합니다.

배병삼 영산대학교 교수

간결함에 담긴 깊은 인생의 의미

茶芸 심정자 선생님의 시집에 이어
노자 『도덕경』 풀이와 생활에 적용된 시를 보며
선생님의 배움을 향한 부지런함에 경하를 표합니다.

한 편 한 편 간결함에 담긴 깊은 의미를 읽으니
삶에 대한 생각이 명징해지는 듯합니다.

학생 한 사람 한 사람을 귀하게 보살피며
인생의 의미를 가르치시는 모습이
끊임없는 구도의 자세에서
비롯된 것임을 알게 되었습니다.

인생의 여행을 막힘없이 평화롭게
물이 흐르듯 살아가시는 모습을 보이셔서,
생활로 학생들을 가르치셨음을 기억합니다.

선생님의 글을 읽으며

진리를 따르는 삶의

평안하고 풍성한 마음을 깨닫습니다.

이덕향 호수돈여자고등학교 교사

여백에서 만나는 노자의 가르침

박완서의 시 「시를 읽는다」를 소소한 책방 프로그램에 활용해야 할 일이 있었습니다. 이 시를 낭송 영상으로 만들면 좋겠다고 생각했는데, 그때 떠오른 것이 심정자 선생님의 목소리였습니다. 특히 '위로받기 위해 시를 읽는다'라는 문장에서 심정자 선생님의 목소리가 선명하게 들렸습니다.

책을 내셨다는 이야기를 듣고 당연히 시집이라고 생각했는데 '노자'라고 하셔서 깜짝 놀랐습니다. 그러나 책을 읽고 나서는 심정자 선생님에게는 시를 읽는 것과 노자를 읽는 것이 다르지 않다는 것을 알게 되었습니다. 선생님께서 위로받는 자리에는 늘 노자와 시가 있었습니다. 그리고 그 둘이 이 책에서 아름답게 만납니다.

이 책은 제가 머물 수 있는 여백이 많아서 좋았습니다. 서른 개의 바퀴살 사이에 제 마음이 머물기도 했고, 선생님께서 곱게 가꾸신 화단 속 채송화에 대해서 한참을 생각해 보

기도 했습니다. '도를 얻은 사람은 꽉 채우려 하지 않는다네'
라는 선생님의 해석이 이 책의 미덕이었습니다. 선생님께서
준비해 주신 책 속 여기저기 빈자리에 가만히 앉아 보면 어
느새 노자의 가르침을 조금 알 것만 같습니다.

제가 추천하는 이 책을 읽는 방법은 '낭독하기'입니다. 낭독
은 책 속에서 자기 삶을 발견하게 해 줍니다. 자기 목소리에
는 그런 힘이 있습니다. 게다가 이 책은 낭독하기에 아주 좋
은 구성으로 되어 있습니다. 혼자이든 독서 모임에서든 차
례에 있는 매력적인 제목을 하나 골라 자기 목소리로 읽어
보면 이 책을 훨씬 깊이 만나실 수 있습니다.

끝으로 이 책은 '연애시'입니다. 육십이 넘어 만난 노자와의
뜨거운 사랑에 대한 심정자 선생님만의 노래입니다. 독자
여러분들도 이 세레나데에 각자만의 멜로디를 붙여 보는 것
도 이 책을 읽는 즐거움이 될 수 있을 것 같습니다. 다시 한
번 심정자 선생님의 출간을 축하드립니다.

이동진 세명고등학교 교사, 소소한 책방 기획팀

노자의 가르침을 생활과 자연에서 발견하다

노자를 배울 때는 마음이 늘 여유로워지고 평안해졌다. 시간이 멈춘 듯했다. 그리고 공부 후에는 차분해진 마음으로 내가 할 수 있는 자그마한 일부터 실천하리라 다짐했다.

내 친구, 심정자 선생님은 그날 함께 배운 노자의 가르침을 자기의 말로 해석하고 또 시를 썼다. 카톡에 올라온 그 글을 읽을 때면 '와, 더 쉽고 생생한데.' 하는 생각이 들었다. 다른 친구들도 같은 마음이었나 보다. 책으로 엮으면 좋겠다는 제안이 있었다.

그러던 어느 날, 심정자 선생님은 글쓰기가 멈추어지지 않는다는 농담과 함께 책의 원고를 완성해 보내왔다. 아름다운 것을 잘 보는 눈을 가진 그녀는 노자의 가르침을 생활 속에서 그리고 자연에서 발견하고 노래했다. 이 책에는 노자의 『도덕경』을 한 장, 한 장 배우며 지은 그녀의 노래들이 담겨 있다.

노래한다는 것은 자신의 바람을 읊조리는 일이리라! 평범한 듯 비범한 그녀의 노래를 나뿐 아니라 많은 이들이 보고 들었으면 좋겠다.

김두환 진잠중학교 교사

참신한 시도, 깊은 의미

『도덕경』에서 제일 유명한 문구는
1장의 "道可道, 非常道"이다.

'도라고 말할 수 있는 것은 도가 아니다'라는 뜻으로
그럼 어떻게 해야 하지 하는 생각이 든다.

시는 언어이지만 가장 비언어스럽다.
그러기에 『도덕경』을 시로 풀이한 심정자 님의 시도는
참신하고 의미가 있다.

道可道, 非常道에 충실한
심정자 님의 『도덕경』을 추천드립니다.

노승호 씨알

수없이 넓고 깊은 순환의 문을 통과하며

심정자 님이 시로 쓴 도덕경 1장을 읽는 동안
노래가 절로 떠오르며
저에게 간결한 움직임으로 다가왔습니다.

마침 히브리어로 〈카레브 욤〉 춤과 음악과
시가 맞아떨어지는 느낌입니다.

수없이 넓고 깊게 오묘한 중심으로
드나드는 문을 통과하는 느낌….

'욤'은 때, 시각, 낮을 의미하며
자연의 자연적인 순환을 뜻하기도 한다니,
동서양이 이렇게 통하는 게 참으로 놀랍습니다.

이종희 명상춤 안무가

작가의 말

나이 육십이 넘어 노자(老子)를 처음 접했습니다. 중·고등학교 때엔 노자에 대해 무위자연(無爲自然)을 얘기하는 도가(道家) 사상가라는 정도만 알았으며, 대학에서의 전공은 간호학, 그다음엔 심리학을 조금 공부했습니다.

노자(老子)를 공부하게 된 것은 '옹달샘'에서『뜻으로 본 한국역사』공부를 마치고, 스승님께서 다음에는『노자(老子)』를 함께 읽자고 하셔서입니다. 스승님의 삶을 배우고자, 함께 하는 사람들이 좋아서 매주 월요일 저녁마다 한자(漢字)도, 노자(老子)도 잘 모르면서, 아리송한 채, 꾸벅꾸벅 나간 지 2년여가 되었습니다.

노자 공부가 중반으로 접어든 어느 날, 스승님께서 저에게 이해한 것을 시(詩)로 써 보라 하셨습니다. 그렇게 노자에 대한 시를 쓰기 시작했고, 함께 공부하는 사람들이 제가 쓴 글을 읽고 책으로 내면 좋겠다고 해서 출간하게 된 것입니다.

노자의 풀이는 다양합니다. 곽점본, 죽간본, 백서본, 하상 공본, 왕필본 등 판본도 다양하고 한 글자에도 뜻이 여러 개이며, 조사를 어떻게 붙이냐에 따라 뜻이 완전히 달라지기도 합니다. 매주 월요일, 다석 유영모, 김용옥, 장기근, 김경탁, 오강남, 남회근/설순남, 이경숙, 장태원, 장일순/이현주, 기세춘의 풀이를 읽고 나눴습니다.

여러 사람의 풀이를 읽고 제가 이해한 노자를, 글자의 뜻 자체에 너무 얽매이지 않고 앞뒤 문맥을 살리는 데 중점을 두어 표현했습니다. 그렇게 노자 풀이를 쓰면서, 그 자체로 시가 되는 것을 느꼈습니다. 풀이 뒤에는 어느 때는 그 장 전체에 대한 단상과 느낌을, 때로는 한 구절에 대한 것을 적었으며, 글을 읽고 쓰는 시점에서 그때의 느낌이나 단상을 표현하기도 했습니다.

읽고 쓰는 일을 반복하면서, 때로는 몰두하게 되었고 그럴 때는 이것이 무위(無爲), 무욕(無慾) 등의 노자 사상에 어긋나는 게 아닌가 하는 생각이 들어 잠깐 멈추기도 했지만, 재미있는 작업이었습니다. 의도를 내지 않는 것이 노자에 깊숙이 흐르는 것이지만, 글을 쓰면서 제가 느꼈던 쉼과 기

뿜, 자유를 또 다른 누군가도 느낄 수 있기를 바라면서 제
글을 세상에 펼치고자 합니다.

책을 쓰도록 안내해 주신 김조년 스승님, 함께 노자를 읽은
도반들, 오랫동안 보금자리 같았던 호수돈여자고등학교 동
료와 학생들, 그리고 늘 따뜻한 지지자 남편 김기동에게 고
마움을 전하며, 친구이고 싶은 손녀, 하연이와 수아에게도
이 책이 선물이 되기를 소망합니다.

2022년 여름, 호수돈에서

심정자 茶芸

차 례

1부

道(도) ── 우주 한가운데 영원의 순간에

2부

德(덕) — 마음 바탕에 고요와 기쁨이

道

우주 한가운데 영원의 순간에

1장

玄之又玄
지나는 바람을 잡으려 했네

道可道 非常道 (도가도 비상도)

名可名 非常名 (명가명 비상명)

無 名天地之始 (무 명천지지시)

有 名萬物之母 (유 명만물지모)

故常無 欲以觀其妙 (고상무 욕이관기묘)

常有 欲以觀其徼 (상유 욕이관기교)

比兩者 同出而異名 (차양자 동출이이명)

同謂之玄 (동위지현)

玄之又玄 (현지우현)

衆妙之門 (중묘지문)

도라고 말할 수 있는 것은 도가 아니고

이름을 붙일 수 있는 것은 이름이 아니네

무는 천지의 시작이고

유는 만물의 어머니라네

그러므로 언제나 무는 세계의 오묘한 영역을 나타내고
언제나 유는 구체적으로 보이는 영역을 나타내네
이 둘은 같이 나왔지만 이름을 달리하네
동일하게 도의 넓고도 깊음을 말하네
넓디넓고 깊디깊도다
모든 오묘한 것들이 드나드는 문이라네

\\\\

지나는 바람을 잡으려 했네
흘러가는 구름을 이름 지으려 했다네
도가도, 비상도
명가명, 비상명이라네

없는 것은 모든 것의 시작이고
있는 것은 만물의 모체라네
없는 것과 있는 것이 같은 것이라네

신비롭고 신비롭도다

道(도) ── 우주 한가운데 영원의 순간에   31

무와 유의 순환 속에

이 순간

지금이 영원이로다

　　　　　　　　　　노자, 그 느낌을 노래하다

2장

有無相生

네가 있어 내가 있고

天下皆知美之爲美 (천하개지미지위미)

斯惡己 (사악이)

皆知善之爲善 (개지선지위선)

斯不善己 (사불선이)

有無相生 (유무상생)

難易相成 (난이상성)

長短相較 (장단상형)

高下相傾 (고하상경)

音聲相和 (음성상화)

前後相隨 (전후상수)

恒也 (항야)

是以聖人處無爲之事 行不言之教

(시이성인처무위지사 행불언지교)

萬物作焉而弗始 (만물작언이불시)

生而弗有 (생이불유)

爲而弗志 (위이부지)

功成而弗居 (공성이불거)

夫唯弗居 是以弗去 (부유불거 시이불거)

세상 사람들은 아름답다고 느껴지는 것을 아름다운 것으로 아는데,
이는 잘못된 것이네
세상 사람들은 겉으로 선하게 보이는 것을 선한 것으로 아는데,
이것은 선이 아니네

있음과 없음이 서로를 낳고
어려움과 쉬움이 서로 이루며
길고 짧음은 서로 만들어 내고
높음과 낮음이 서로 말미암으며
나오는 소리와 들리는 소리가 서로 어울리고
앞과 뒤는 서로 따르네
늘 그렇다네

이 때문에 성인은 무위로 일하며, 말없이 가르침을 행하네

　　　　　　　　　　노자, 그 느낌을 노래하다

만물이 자라는 것을 보며, 자신이 시작했다고 하지 않네
만물을 낳았지만 소유하지 않고,
무엇을 하되 자신의 뜻대로 하지 않네
공을 이루고도 그 이룬 공 위에 거하지 않네
오로지 그 공 위에 머물지 않기에 그 공은 사라지지 않네

\\\\

덤불 속 고운 새싹
썩은 잎과 함께라네

네가 있어 내가 있고
내가 있어 네가 있네

미추는
뫼비우스의 띠와 같은 거지

야생의 숲에서 순한 눈의 가젤을
공격하는 사자를 보았는가
나쁜 놈이지

굶은 새끼들이 기다리는 것을

알지 못했을 때까지는

선악은

동전의 양면과 같은 거라네

3장

爲無爲

마음에 힘 빼고

不尙賢 使民不爭 (불상현 사민부쟁)

不貴難得之貨 使民不爲盜 (부귀난득지화 사민불위도)

不見可慾 使民心不亂 (불견가욕 사민심불란)

是而聖人之治 (시이성인지치)

虛其心 實其腹 (허기심 실기복)

弱其志 强其骨 (약기지 강기골)

常使民無知無欲 (상사민무지무욕)

使夫智者不敢爲也 (사부지자부감위야)

爲無爲 則無不治 (위무위 즉무불치)

현명함을 숭상하지 않으면, 다투지 않게 되고

얻기 어려운 재화를 귀하게 여기지 않아야, 도둑질을 하지 않네

욕심낼 만한 것들이 보이지 않아야, 마음이 혼란스러워지지 않

는다네

그리하여 성인의 정치는

마음을 비우게 하고, 배를 채우게 한다네
의지를 약하게 하고, 뼈를 강하게 한다네
백성들로 하여금 무지·무욕하게 하며
지혜롭다고 하는 자들이 감히 무엇을 못하게 하여
무위로 한다면, 다스려지지 않는 것이 없다네.

＼＼＼＼

자유로워라
공기, 물, 빛이 있으니

마음에 힘 빼고
어린아이처럼 앉으니
기쁨이 찰랑찰랑

노자, 그 느낌을 노래하다

4장

湛兮!
블루베리 한 알

道沖而用之或弗盈 (도충이용지혹불영)

淵兮! 似萬物之宗 (연혜! 사만물지종)

湛兮! 似或存 (담혜! 사혹존)

吾不知誰之者 (오부지수지자)

象帝之先 (상제지선)

도는 텅 비었으나 그 작용은 무한하네

심원하도다! 마치 만물의 근원과 같네

신비롭구나! 마치 진짜로 있는 것 같네

도가 누구의 아들인지 나는 알지 못하지만,

상제보다 먼저인 듯하네

\\\\\

심원하고 신비롭도다!

읽어도

잡히지 않네

책을 덮고 걸어 나가네

뒤뜰에 검붉은 블루베리 따서 입에 넣었네

이 달콤한 열매는 어디서 왔는가

블루베리 한 알

여기에 우주가 있고

도가 있지 않은가

5장

其猶橐籥

비어 있으나 다함이 없지

天地不仁 以萬物爲芻狗 (천지불인 이만물위추구)

聖人不仁 以百姓爲芻狗 (성인불인 이백성위추구)

天地之間 其猶橐籥 (천지지간 기유탁약)

虛而不屈 動而愈出 (허이불굴 동이유출)

多言數窮 不如守中 (다언삭궁 불여주중)

천지는 어질지 않아, 만물을 짚으로 만든 개처럼 무심히 여기네

성인은 어질지 않아, 백성을 짚으로 만든 개처럼 무심히 여기네

하늘과 땅 사이는 풀무와 같아서 텅 비어 있지만 다함이 없네

움직이면 움직일수록 생명력이 넘쳐나네

말이 많으면 빨리 궁해지니, 고요히 중심을 지키는 것만 못하네

\\\\\

천지도 사람도
내게 별 관심이 없다네

세상은 나에게 무심하지
허나, 나는 우주의 원소, 우주이지

하늘과 땅 사이는 풀무와 같아
비어 있으나 다함이 없지

텅 빈 것은
꽉 찬 것이기도 하지

노자, 그 느낌을 노래하다

6장

谷神不死

그곳에서 평화를 보네

谷神不死 是謂玄牝 (곡신불사 시위현빈)

玄牝之門 是爲天地根 (현빈지문 시위천지근)

綿綿若存 用之不勤 (면면약존 용지불근)

계곡의 신은 죽지 않으니, 현빈이라 하네

현빈 (신비의 여인)은 천지의 근원이네

끊어질 듯 이어지고, 아무리 써도 다함이 없네

\\\\

에고를 넘은 들녘

그곳에서 평화를 보네

알 수 없지만

경험하지 못했지만
거기 있다는 것을 믿음으로
저절로 미소가 지어지네

잡으려 하지 않네
내 손은 작지 않은가

가두려 하지 않네
내 가슴은 한 점이지 않은가

지금,
이 순간이면
충분하지 않은가

노자, 그 느낌을 노래하다

7장

天長地久
우주를 보니

天長地久 (천장지구)

天地所以能長且久者 (천지소이능장차구자)

以其不自生 故能長生 (이기불자생 고능장생)

是以聖人後其身而身先 (시이성인후기신이신선)

外其身而身存 (외기신이신존)

非以其無私邪 (비이기무사사)

故能成其私 (고능성기사)

천지는 장구하다네

천지가 늘 그대로임은

자신을 살리려 하지 않음이라네

성인은 자신을 뒤로 하나 앞서게 되고

자신을 버림으로 보존한다네

사사로움을 버림으로

능히 자신을 이룰 수 있다네

\\\\

우주를 보니
내가 있네

세상을 보니
내가 있네

너를 보니
내가 있네

나를 보니
내가 없네

노자, 그 느낌을 노래하다

8장

上善若水

거슬러 오른 적은 없네

上善若水 (상선약수)

水善利萬物而不爭 (수선리만물이부쟁)

處衆人之所惡 (처중인지소오)

故幾於道 (고기어도)

居善地 心善淵 (거선지 심선연)

與善仁 言善信 正善治 (여선인 언선신 정선치)

事善能 動善時 (사선능 동선시)

夫唯不爭 故無尤 (부유부쟁 고무우)

최고의 선은 물과 같다네

물은 모두를 이롭게 하지만 겨루지 않고

모두가 싫어하는 곳에 머무르네

그러기에 도와 가깝지

낮은 곳에 거하며, 고요하고

베풀고, 믿음직하며, 평화롭게

일은 능숙하게, 때에 맞는 움직임으로
겨루는 일이 없으니, 허물도 없다네

\\\\\

깊은 산속 옹달샘에서
여행을 시작했네

목마른 나무에게 물을 전해 주고
갈증 난 사슴에게도 말없이 주었네

길을 막는 곳에서는 돌아가고
그 어떤 것이 와도 품고 흘렀지

때로 힘 있게 내달렸지만
거슬러 오른 적은 없네

평화로웠네

노자, 그 느낌을 노래하다

9장

功遂身退 天之道
미련 없이 자리를 내주는

持而盈之 不如其已 (지이영지 불여기이)

揣而梲之 不可長保 (추이예지 불가장보)

金玉滿堂 莫之能守 (금옥만당 막지능수)

富貴而驕 自遺其咎 (부귀이교 자유기구)

功遂身退 天之道 (공수신퇴 천지도)

지니고 있음에도 가득 채우려는 것은 적절할 때 멈추는 것만 못하네

다듬어 날카롭게 하면 오래 보존할 수 없네

금과 옥이 집에 가득 차면 그것을 지키기가 어렵네

부귀하여 교만해지면 스스로 허물을 남길 뿐이라네

결실이 이루어지면 물러나는 것이 자연의 이치라네

\\\\

미련 없이 자리를 내주는
자연의 계절을 보네

굳은 땅에서 싹을 틔우고
고운 꽃 피웠다가
열매 맺고
그 열매 다시 땅속으로

더 가지려 하지 않고
함께 나누는 것이
자연의 이치라네

10장

玄德

함께 숲이 되고 싶어라

載營魄抱一 能無離乎 (재영백포일 능무리호)

專氣致柔 能嬰兒乎 (전기치유 능영아호)

滌除玄覽 能無疵乎 (척제현람 능무자호)

愛民治國 能無爲乎 (애민치국 능무위호)

天門開闔 能爲雌乎 (천문개합 능위자호)

明白四達 能無知乎 (명백사달 능무지호)

生之 畜之 生而不有 (생지 휵지 생이불유)

爲而不恃 長而不宰 (위이불시 장이부재)

是謂玄德 (시위현덕)

정신과 육체를 하나로 감싸 안고, 이를 능히 분리시킬 수 있겠
는가

기를 한곳으로 모아 부드럽게 하기를, 갓난아기와 같이 할 수
있겠는가

본질을 비추는 마음의 거울을 닦아, 아무 흠도 남지 않게 할 수
있겠는가
백성을 사랑하고 나라를 다스림에, 무위로 할 수 있겠는가
하늘의 문을 열고 닫음에, 여인과 같이 할 수 있겠는가
밝게 모든 것에 통달해도, 알지 못하는 것처럼 할 수 있겠는가

만물을 낳고 기르는데, 낳았지만 소유하지 않네
만들었지만 기대지 않고, 성장시켰지만 다스리지 않네
이를 현덕(그윽한 덕)이라 하네

\\\\

햇빛 밝고
나뭇잎 고운 날
함께 숲이 되고 싶어라

11장

無之以爲用

빈 마음에

三十輻 共一轂 (삼십폭 공일곡)
當其無 有車之用 (당기무 유차지용)

埏埴以爲器 (선식이위기)
當其無 有器之用 (당기무 유기지용)

鑿戶牖以爲室 (착호유이위실)
當其無 有室之用 (당기무 유실지용)

故有之以爲利 (고유지이위리)
無之以爲用 (무지이위용)

서른 개의 바퀴살이 하나의 바퀴통으로 모여
그 비어 있음이 수레의 기능을 하게 한다네

진흙으로 그릇을 만듦에
그 비어 있음이 그릇의 쓰임이라네

문과 창을 내어 방을 만듦에
그 비어 있음이 방의 쓰임이 된다네

그러므로 있는 것이 이로운 것은
없는 것이 쓰임이 되기 때문이지

\\\\

세상에 올 때처럼
우주에 갈 때처럼
빈손으로 서 보네

온갖 생각, 감정들을
바라보고 흘려보내니
고요가 찾아오네

빈 마음에

슬며시

미소가 머무네

12장

爲腹不爲目

미소 띤 얼굴이

五色令人目盲 (오색영인목맹)

五音令人耳聾 (오음영인이롱)

五味令人口爽 (오미영인구상)

馳騁畋獵令人心發狂 (치빙전렵영인심발광)

難得之貨令人行妨 (난득지화영인행방)

是以聖人爲腹不爲目 (시이성인위복불위목)

故去彼取此 (고거피취차)

화려한 색채는 사람의 눈을 멀게 하고

화려한 소리는 사람의 귀를 멀게 하고

화려한 음식은 사람의 입맛을 상하게 한다네

말 달리며 즐기는 사냥이 사람의 마음을 미치게 하고

얻기 어려운 재화는 사람의 행실을 어지럽히지

이리하여 성인은 보이는 것보다 내면을 위하지
고로 성인은 저것을 버리고 이것을 취한다네

\\\\\

미소 띤 얼굴이
화장한 얼굴보다 아름답지 않은가

산해진미를 먹는 것보다
화평한 마음을 먹는 것이
건강에 좋지 않은가

내게 없는 것을 구하지 않고
내게 있는 것을 찾으려 하네

13장

可託天下
우주 한가운데 영원의 순간에

寵辱若驚 貴大患若身 (총욕약경 귀대환약신)

何謂寵辱若驚 (하위총욕약경)

寵爲下 得之若驚 失之若驚 (총위하 득지약경 실지약경)

是謂寵辱若驚 (시위총욕약경)

何謂貴大患若身 (하위귀대환약신)

吾所以有大患者 爲吾有身 (오소이유대환자 위오유신)

及吾無身 吾有何患 (급오무신 오유하환)

故貴以身爲天下 若可寄天下 (고귀이신위천하 약가기천하)

愛以身爲天下 若可託天下 (애이신위천하 약가탁천하)

총애나 치욕을 충격으로 받아, 자기 자신과 같이 귀하게 여긴다네

총애나 치욕에 충격받는 것은 어쩜이뇨?

　　　　　　　　　　　　　　　노자, 그 느낌을 노래하다

총애는 낮은 것이니 그것을 얻어도 충격이고 잃어도 충격이라네
이러므로 총애와 치욕은 모두 충격이라 하네

고뇌를 자신처럼 소중하게 여김은 어쩜이뇨?
큰 고뇌를 지닌 사람은 육체와 자신을 동일시함이라네
내 몸이 내가 아니라면 어찌 고뇌가 있겠는가

그러므로 자신을 세상처럼 귀히 여기면, 세상을 맡길 수 있고
자신을 세상처럼 사랑한다면, 세상에 안길 수 있네

\\\\\

사람이 나를 어찌하리오
내가 세상인 것을

자유로워라
내가 나를 육체 안에 가두지 않으니

주인 되지 않으려네

道(도) —— 우주 한가운데 영원의 순간에   59

느끼고 누리면 되는 것을

두 팔 벌려
바람을 맞네

우주 한가운데
영원의 순간에

노자, 그 느낌을 노래하다

14장

恍惚

알 수 없는 것을

視之弗見 名曰夷 (시지불견 명왈이)

聽之不聞 名曰希 (청지불문 명왈희)

搏之弗得 名曰微 (박지부득 명왈미)

此三者 不可致詰 (차삼자 불가치힐)

故混而爲一 (고혼이위일)

一者其上不曒 其下不昧 (일자기상불교 기하불매)

繩繩兮不可名 復歸於無物 (승승혜불가명 복귀어무물)

是爲無狀之狀 無物之象 (시위무상지상 무물지상)

是爲恍惚 (시위황홀)

迎之不見其首 隨之不見其後 (영지불견기수, 수지불견기후)

執古之道 以御今之有 (집고지도 이어금지유)

能知古始 是謂道紀 (능지고시 시위도기)

보려 해도 볼 수 없으니, 이를 '夷(이)'라 하고
들으려 해도 들을 수 없으니, 이를 '希(희)'라 하며
잡으려 해도 잡을 수 없으니, 이를 '微(미)'라 하네
이 세 가지는 하나로 통합되어 하나씩 떼어질 수 없다네
왜냐하면 원래부터 섞여 하나이기 때문이네

이 '하나'는 위라 해서 밝지도 않고, 아래라 해서 어둡지도 않네
새끼줄처럼 꼬여 있어 무어라 이름할 수 없고, 아무것도 없는
곳으로 돌아간다네
이것은 형상 없는 형상이며 아무것도 없는 모습이지
이를 '황홀'이라 하네

앞에서 맞이해도 머리가 안 보이고, 뒤에서 따라가도 뒷모습이
안 보이네
옛날의 도를 가지고 지금의 일을 처리하네
옛날의 시원을 알 수 있으니 이것이 '도의 실마리'이지

\\\\\

노자, 그 느낌을 노래하다

알 수 없는 것을
알려 하지 않겠네

볼 수 없는 것을 보려 하지 않고
화단에 핀 채송화꽃을 보겠네

들을 수 없는 것을 들으려 하지 않고
뒤뜰 박새 소리나 듣겠네

잡을 수 없는 바람을 잡으려 하지 않고
그냥 뺨에 스치는 바람을 느끼기만 하겠네

보이지 않고
잡히지 않는
道(도)는
그냥 놔두고
점심이나 먹으러 가세

15장

微妙玄通

끝이 없는 길

古之善爲道者 微妙玄通 深不可識 (고지선위도자 미묘현통 심불가식)

夫唯不可識 故强爲之容 (부유불가식 고강위지용)

豫兮 若冬涉川 猶兮 若畏四隣 (예혜 약동섭천 유혜 약외사린)

儼兮 其若客 渙兮 其若凌釋 (엄혜 기약객 환혜 기약능석)

敦兮 其若樸 曠兮 其若谷 (돈혜 기약박 광혜 기약곡)

混兮 其若濁 (혼혜 기약촉)

孰能濁以精之徐清 (숙능탁이정지서청)

孰能安以動之徐生 (숙능안이동지서생)

保此道者不欲盈 (보차도자불욕영)

夫唯不盈 (부유불영)

노자, 그 느낌을 노래하다

故能蔽以不成 (고능폐이불성)

도를 실천하는 사람은 미묘 현통하여, 그 깊이를 알 수가 없네
알 수 없으므로 드러난 모습으로 형용한다면,

살얼음 낀 내를 건너듯 조심하고, 사방을 경계하듯 신중하며,
손님과 같이 공손하고, 곧 녹아 없어질 얼음처럼 푸근하네
투박하기는 통나무 같으며, 텅 빈 것이 계곡과 같고,
마치 흐린 물처럼 소탈하네

누가 혼탁한 물을 고요하게 하여 서서히 맑아지게 하겠는가?
누가 가만히 있는 것을 움직여서 생기가 살아나게 하겠는가?

도를 얻은 사람은 꽉 채우려 하지 않는다네
채우려 하지 않기 때문에
멸망하지 않고 영원히 새로워질 수 있다네

\\\\

끝이 없는 길
그 길을 걷고 있다네

道
완성이 아니라네

조심스레 걷고
공손하게 걷고
투박하게 걷고
무심하게 걷는 길

흐릿하면 멈춰서 숨 고르고
늘어지면 움직여 생기 돋우면서

16장

致虛極 守靜篤

새로운 세상

致虛極 守靜篤 (치허극 수정독)

萬物竝作 吾以觀復 (만물병작 오이관복)
夫物芸芸 各復歸其根 (부물운운 각복귀기근)
歸根曰靜 靜曰復命 (귀근왈정 정왈복명)
復命曰常 知常曰明 (복명왈상 지상왈명)

不知常 妄作凶 (부지상 망작흉)
知常容 容乃公 (지상용 용내공)
公乃王 王乃天 (공내왕 왕내천)
天乃道 道乃久 (천내도 도내구)
沒身不殆 (몰신불태)

텅 빔에 이르기를 지극히 하고, 고요함을 지키기를 신실히 하게

만물이 더불어 자라나는데, 나는 되돌아감을 보네

만물이 무성하게 뻗어 각각 자신의 뿌리로 돌아가네

뿌리로 돌아감을 고요함이라 하고, 고요함을 복명이라 하네

복명을 늘 그러함(常)이라 하고, 늘 그러함을 아는 것이 밝음이네

늘 그러함을 알지 못하면 허망하게 재앙을 일으키게 된다네

늘 그러함을 알면 모든 것을 포용하게 되고, 포용하면 공평하게 된다네

공평하면 왕 노릇을 할 수 있고, 왕 노릇은 곧 하늘에 부합하는 것이라네

하늘에 부합하는 것이 곧 道이며, 道는 오래갈 수 있네

죽을 때까지 위태롭지 않네

\\\\

파란 하늘 아래

반짝이는 나뭇잎을 보네

하늘 저 멀리

다른 세상을 느끼네

두려움으로만 다가왔던
미지의 세계가
희망으로 반짝이네

새로 돋는 어린잎에서
죽음에서 삶으로 변화한
새로운 세상을 보네

우주 안에
하나인
삶과 죽음

반짝이는 햇빛 속에
살랑대는 바람결에
삶과 죽음이
자유로이 흐르네

17장

下知有之
내가 있다는 것이

太上 下知有之 (태상 하지유지)

其次 親之譽之 (기차 친지예지)

其次 畏之 (기차 외지)

其次 侮之 (기차 모지)

信不足焉 有不信焉 (신부족언 유불신언)

悠兮 其貴言 (유혜 기귀언)

功成事遂 (공성사수)

百姓謂我自然 (백성위아자연)

큰 지도자는 백성들이 그가 있다는 것만 아는 것이고

다음은 친밀함을 느끼며 좋아하는 것이고

다음은 두려워하는 것이며

다음은 비웃는 것이라네

신의가 부족하면 불신이 따른다네
신중함으로 말을 아껴야 하네

일을 성공적으로 마무리해도,
백성들은 본래 그런 것이라 하네

\\\\

태상은 아니니
백성은 아니어도
너에게 말이야

내가 있다는 것이
든든하다면

내가 여기 있어도
거기 있는 너에게
위안이 된다면

한 하늘 아래

같이 숨 쉬고 있다는 것이

서로에게 기쁨이 될 수 있다면

18장

大道癈 有仁義

연결을 꿈꾸게 했네

大道癈 有仁義 (대도폐 유인의)

智惠出 有大僞 (지혜출 유대위)

六親不和 有孝慈 (육친불화 유효자)

國家昏亂 有忠臣 (국가혼란 유충신)

큰 도가 막히니, 인의를 말하게 되고

지혜가 생기니, 큰 거짓이 있게 되네

육친이 불화하니, 효도와 자애를 말하게 되고

국가가 혼란하니, 충신이 있게 되네

\\\\\

패데믹 코로나는

우리에게 연결을 꿈꾸게 했네

예고도 없이 찾아와
마스크를 쓰게 하고
거리를 두게 하고
다정하게 손을 잡는 것도 안 된다고 했지

그래도 우린 마음으로 연결했네
아픈 이웃에게 꽃을 배달하고
김밥을 말고, 얼큰한 김치찌개를 넉넉히 끓여
문고리에 걸어 두었지

노자, 그 느낌을 노래하다

19장

見素抱樸

순박한 마음으로

絕聖棄智 民利百倍 (절성기지 민리백배)
絕仁棄義 民復孝慈 (절인기의 민복효자)
絕巧棄利 盜賊無有 (절교기리 도적무유)

此三者 以爲文不足 (차삼자 이위문부족)
故令有所屬 (고영유소속)
見素抱樸 少私寡欲 (견소포박 소사과욕)

거룩함을 끊고 지혜를 버리면, 백성의 이익이 커지네
인을 끊고 의를 버리면, 백성의 효성과 자애가 돌아오네
교묘함을 끊고 이익을 버리면, 도적이 있을 리 없네

이 세 가지는 글로써만 보는 것은 부족하네
그러므로 마음에 붙잡아 두어야 하네
꾸밈없이 순박한 마음으로 하고, 사욕을 줄여야 하네

\\\\

오늘은
순박한 마음으로

하늘 한 번 보고
산 한 번 보고

어린아이처럼
이유 없이 춤이나 추겠네

노자, 그 느낌을 노래하다

20장

我獨異於人

길을 걷네

絕學無憂 (절학무우)

唯之與阿 相去幾何 (유지여아 상거기하)

善之與惡 相去若何 (선지여악 상거약하)

人之所畏 不可不畏 (인지소외 불가불외)

荒兮其未央哉 (황혜 기미앙재)

眾人熙熙 如享太牢 如春登臺 (중인희희 여향태뢰 여춘등대)

我獨泊兮 其未兆 如嬰兒之未孩 (아독박혜 기미조 여영아

지미해)

儽儽兮 若無所歸 (루루혜 약무소귀)

眾人皆有餘 而我獨若遺 (중인개유여 이아독약유)

我愚人之心也哉 沌沌兮 (아우인지심야재 돈돈혜)

俗人昭昭 我獨若昏 (속인소소 아독약혼)

俗人察察 我獨悶悶 (속인찰찰 아독민민)

澹兮其若海 飂兮若無止 (담혜기약해 료혜약무지)
眾人皆有以 而我獨頑似鄙 (중인개유이 이아독완사비)

我獨異於人 而貴食母 (아독이어인 이귀식모)

배움을 끊으면 근심이 없어지네
긍정과 부정의 차이가 얼마나 되겠는가
선과 악의 차이는 얼마나 되겠는가
사람들이 두려워하는 것을 두려워하지 않을 수는 없네

문란함이여, 그 끝이 없구나
사람들은 소 잡아 잔치를 벌인 듯, 봄날 누각에 오른 듯 즐거워하네
나 홀로 조용히 웃을 줄도 모르는 아기처럼 머물러 있네
저 높은 곳에 서성이며 돌아갈 곳 없어라
사람들은 다 여유 있는 듯한데, 나만 홀로 잃어버린 듯하네
나 어리석은 사람의 마음이여 막막하도다
세상 사람들은 다 밝은데, 나 홀로 침침하네
세상 사람들은 잘 살펴보는데, 나 홀로 어리숙하네

노자, 그 느낌을 노래하다

넉넉하기가 무한한 바다 같고, 바람 소리는 끊이지 않는구나
세상 사람들은 실속을 차리는데, 나 홀로 미련하고 쓸모가 없네

나는 홀로 사람들과 다르게 만물의 근원만을 귀하게 여기도다

\\\\

길을 걷네

상큼한 숲속 길이 있지
비 오고, 바람 부는 길도 있네

다사롭고 파릇한 길이 있지
가파른 비탈길도 있네

그 길은
홀로 걷는 길이라네

그 길은
둘이 걷는 길이라네

나와 내가 말이지

그 길은
여럿이 걷는 길이라네
나와 내 안의 여러 나들과 말이지

노자, 그 느낌을 노래하다

21장

恍兮惚兮

알 듯 모를 듯

孔德之容 惟道是從 (공덕지용 유도시종)

道之爲物 惟恍惟惚 (도지위물 유황유홀)

惚兮恍兮 其中有象 (홀혜황혜 기중유상)

恍兮惚兮 其中有物 (황혜홀혜 기중유물)

窈兮冥兮 其中有精 (요혜명혜 기중유정)

其精甚眞 其中有信 (기정심진 기중유신)

自古及今 其名不去 以閱衆甫 (자고급금 기명불거 이열중보)

吾何以知衆甫之狀哉 以此 (오하이지중보지상재 이차)

큰 덕(德)의 모습이란 오직 도(道)를 따르는 것이라네

도(道)라는 것은 있는 듯 없는 듯하다네

없는 듯 있는 듯하나 그 가운데 형상이 있고

있는 듯 없는 듯하나 그 가운데 사물이 있고

그윽하고 가물하나 그 가운데 정(精)이 있네

그 정(精)은 매우 참되어 그 가운데 신뢰가 있네

예부터 지금까지 그 이름이 사라지지 않으니, 그것으로 만물의
시원을 보네
나는 무엇으로 만물의 시원을 알겠는가? 이것(道)에 의해서라네

\\\\

요렇게 생겼을까
조렇게 생겼을까
형체를 만들고, 규정지으려 하네

보이지 않지만
분명히 있는 것
그것이 도라는데…

알 듯 모를 듯,
잡히지 않지만 느껴지네

만물의 근원
어디에나 있고
언제나 흐르는 도(道)

22장

不自見 故明

스스로 드러내지 않으니

曲則全 枉則直 (곡즉전 왕즉직)

窪則盈 弊則新 (와즉영 폐즉신)

少則得 多則惑 (소즉득 다즉혹)

是以聖人抱一爲天下式 (시이성인포일위천하식)

不自見 故明 (불자현 고명)

不自是 故彰 (불자시 고창)

不自伐 故有功 (불자벌 고유공)

不自矜 故長 (불자긍 고장)

夫唯不爭 故天下莫能與之爭 (부유부쟁 고천하막능여지쟁)

古之所謂曲則全者 豈虛言哉 (고지소위곡즉전자 기허언재)

誠全而歸之 (성전이귀지)

굽은 것은 온전해지고, 휘어진 것은 곧아진다네
파이면 채워지고, 낡은 것은 새로워진다네
적으면 얻게 되고, 많으면 미혹된다네

그러므로 성인은 이 하나를 품고 천하의 규범으로 삼는다네

스스로 드러내지 않으니 밝혀지고
스스로 옳다 하지 않으니 돋보이네
스스로 자랑하지 않으니 공이 드러나고
스스로 뽐내지 않으니 오래간다네

오직 다투지 않으므로 천하의 그 누구도 그와 다툴 수 없네

옛말에 굽으면 오히려 온전하다는 말이 어찌 빈말이겠는가
진실로 모든 것은 본래의 모습으로 돌아가네

\\\\\

노자, 그 느낌을 노래하다

희미하던 도가 느낌으로 다가와
웃네

멋진 모습을 보여 주고 싶었네

테니스 치다 폼 잡고 사진을 찍었네
있는 그대로가 아닌
좀 더 멋진 모습을 보여 주고 싶어 하는 자신이
도에 비춰져서 웃었네

스스로 드러내지 않으면 밝혀지고
스스로 옳다하지 않으면 돋보이고
스스로 자랑하지 않으면 공이 드러나고 오래간다는 말에
웃네

웃게 하고
평화롭게 하는
그 하나(도)를 품어 볼까나

23장

而況於人乎
내가 할 수 있는 일이 무엇이던가

希言自然 (희언자연)

故飄風不終朝 驟雨不終日 (고표풍부종조 취우부종일)

孰爲此者 天地 (숙위차자 천지)

天地尚不能久 而況於人乎 (천지상불능구 이황어인호)

故從事於道者 同於道 (고종사어도자 동어도)

德者 同於德 (덕자 동어덕)

失者 同於失 (실자 동어실)

同於道者 道亦樂得之 (동어도자 도역락득지)

同於德者 德亦樂得之 (동어덕자 덕역락득지)

同於失者 失亦樂得之 (동어실자 실역락득지)

노자, 그 느낌을 노래하다

信不足焉 有不信焉 (신불족언 유불신언)

말이 적은 것이 자연스럽네

광풍은 아침 내내 불지 못하며, 폭우는 하루 종일 내리지 못하지
누가 이것을 하는가? 천지라네
천지도 오래 지속할 수 없거늘, 하물며 사람에게 있어서랴

그러므로 도를 따르면 도와 같아지고
덕을 따르면 덕과 같아지며
상실을 따르면 상실함과 같아지네

도와 하나된 사람은 도 역시 그를 즐거이 취하고
덕과 하나된 사람은 덕 역시 그를 즐거이 취하며
상실과 하나된 사람은 상실이 또한 그를 즐거이 취한다네

믿음이 부족하면 불신이 따르지

\\\\\

광풍이 아니라 미풍도
일으킬 수 없는 나는
말없이 바람을 느끼기만 하겠네

폭우가 아니라 가랑비 한 방울도
내리게 할 수 없는 나는
그저 내리는 비를 바라만 보겠네

내가 할 수 있는 것이 무엇이던가

도를 따라가는 길을 생각만 해도
마음이 푸근해지네

도를 품는 것을 상상만 해도
마음이 여유로워지네

에헤라디야!
그를 품고
그를 따라가면
그도 나를 좋아한다네

24장

企者不立

까치발 하지 않네그려

企者不立 (기자불립)

跨者不行 (과자불행)

自見者不明 (자견자불명)

自是者不彰 (자시자불창)

自伐者無功 (자벌자무공)

自矜者不長 (자긍자불장)

其在道也 曰餘贅行 (기재도야 일여식췌행)

物或惡之 (물혹악지)

故有道者不處 (고유도자불처)

발돋움으로 서려는 사람은 똑바로 서 있지 못하고,

큰 걸음으로 걸으려는 사람은 제대로 걸을 수 없다네

스스로 드러내 보이려고 애쓰는 자는 밝을 수가 없고
스스로 옳다고 하는 사람은 드러날 수가 없다네
스스로 공을 자랑하는 사람은 공이 없게 되고
스스로 뽐내는 사람은 우두머리가 될 수 없다네

도의 입장에서 보면, 쓸모없는 군더더기 행동이지
세상은 이런 것을 싫어한다네
그러므로 도를 터득한 사람은 그런 것에 머물지 않는다네

\\\\

집을 나서려는데,
신발장에 높은 굽의 샌들이 눈에 띄었네 신어 보았네
산뜻하나 발이 불편한 순간,
'기자불립'이 떠올라 얼른 벗었네

화단에 채송화가 피었네
맨드라미, 봉숭아 사이에 키 작은 채송화
까치발 하지 않네그려
내가 허리 숙여 눈맞춤 할 수밖에

25장

道法自然

저절로 그러함

有物混成 (유물혼성)

先天地生 (선천지생)

寂兮寥兮 (적혜료혜)

獨而不改 (독립불개)

周行而不殆 (주행이불태)

可以爲天下母 (가이위천하모)

吾不知其名 (오부지기명)

字之曰道 强爲之名曰大 (자지왈도 강위지명왈대)

大曰逝 (대왈서)

逝曰遠 (서왈원)

遠曰反 (원왈반)

故 道大, 天大, 地大, 王亦大 (고 도대 천대 지대 왕역대)

域中有四大, 而王居其一焉 (역중유사대 이왕거기일언)

人法地 (인법지)

地法天 (지법천)

天法道 (천법도)

道法自然 (도법자연)

분화되지 않은 어떤 것이 있으니,

천지보다 먼저 있었네

고요하고 텅 비었구나

홀로 우뚝 서 변함이 없으며,

두루 운행하여도 위태롭지 않으니

가히 세상의 근원이라 하겠네

나는 그 이름을 알지 못하네

그저 '도'라고 불러 보고, 억지로 이름한다면 '크다'라고 하겠네

크다는 것은 끝없이 뻗어 간다는 것이고,

뻗어 나간다는 것은 멀어진다는 것이고,

멀어진다는 것은 되돌아온다는 것이네

그러므로 도는 크고, 하늘도 크며, 땅도 크고, 왕 역시 크다네

세상에는 네 가지 큰 것이 있는데, 왕도 그중 하나지

사람은 땅을 본받고,

땅은 하늘을 본받으며,

하늘은 도를 본받고,

도는 자연(저절로 그러함)을 본받네

\\\\

언제나

어디에나

흐르는 무엇

꾸밈없고

자유로우며

부드러우나 강한 그것

저절로 그러함

26장

重爲輕根

새털같이 가볍게

重爲輕根 (중위경근)

靜爲躁君 (정위조군)

是以聖人終日行 不離輜重 (시이성인종일행 불리치중)

雖有榮觀 燕處超然 (유우영관 연처초연)

奈何萬乘之主 而以身輕天下 (내하만승지주 이이신경천하)

輕則失本 (경즉실본)

躁則失君 (조즉실군)

무거움은 가벼움의 뿌리가 되며,

고요함은 조급함의 주인이 된다네

그러므로 성인은 종일 행하여도 짐수레의 무거움을 떠나지 않지

화려한 경관이 있을지라도 의연하고 초연할 뿐이라네

천하 대국의 임금이 어찌 세상에서 가볍게 처신할 수 있겠는가

가볍게 처신하면 그 근본을 잃게 되고,

조급하게 행동하면 임금의 자리를 잃게 된다네

\\\\\

진중하게
고요하게
의연하게
살라 하는데

새털같이 가볍게
바람처럼 자유롭게
천방지축 뛰놀고 싶다고
반기를 번쩍 들고 싶은 오후

꽃도 보고 새도 보며
춤이나 한 판 추자고
노자 도인에게 맞장 뜨고 싶어지는 오후

(아하~ 임금은 아니니까…)

27장

故無棄人

아무도 버리지 않고

善行無轍迹 (선행무철적)

善言無瑕謫 (선언무하적)

善數不用籌策 (선수불용주책)

善閉無關楗而不可開 (선폐무관건이불가개)

善結無繩約而不可解 (선결무승약이불가해)

是以聖人 常善救人 故無棄人 (시이성인 상선구인 고무기인)

常善救物 故無棄物 (상선구물 고무기물)

是謂襲明 (시위습명)

故善人者 不善人之師 (고선인자자 불선인지사)

不善人者 善人之資 (불선인자 선인지자)

不貴其師 不愛其資 (불귀기사 불애기자)

노자, 그 느낌을 노래하다

雖智大迷 (수지대미)

是謂要妙 (시위요묘)

참된 행위는 흔적이 남지 않으며,

참된 말은 흠을 남기지 않네

계산을 잘하는 사람은 계산기를 쓰지 않고

잘 닫힌 문은 빗장을 걸지 않아도 열 수가 없으며

잘 맺어진 매듭은 졸라매지 않아도 풀리지 않네

성인은 언제나 사람을 잘 도와주고, 아무도 버리지 않네

물건을 아끼고, 아무것도 버리지 않지

이를 일러 습명 (밝음을 터득함)이라 하네

그러므로 선한 사람은 선하지 않은 사람의 스승이 되며,

선하지 않은 사람은 선한 사람의 귀감이 되네

스승을 귀하게 여기지 않고, 귀감을 소중히 여기지 않으면,

비록 지혜롭다 할지라도 크게 미혹되어 있는 것이지

이것이 세상의 묘한 이치라네

\\\\

오~ 놀랍도다
이 포용성!

세상을 다 품어 안고도 남네

아무도 버리지 않고
아무것도 버리지 않는
습명의 오묘함이여

노자, 그 느낌을 노래하다

28장

大制不割

편 가르지 않는 것이

知其雄 守其雌 爲天下谿 (지기웅 수기자 위천하계)

爲天下谿 常德不離 復歸於嬰兒 (위천하계 상덕불리 복귀어영아)

知其白 守其黑 爲天下式 (지기백 수기흑 위천하식)

爲天下式 常德不忒 復歸於無極 (위천하식 상덕불특 복귀어무극)

知其榮 守其辱 爲天下谷 (지기영 수기욕 위천하곡)

爲天下谷 常德乃足 復歸於樸 (위천하곡 상덕내족 복귀어박)

樸散則爲器 (박산즉위기)

聖人用之 則爲官長 (성인용지 즉위관장)

故大制不割 (고대제불할)

남성성에 대해 알고 여성성을 지키면 천하의 계곡이 된다네
천하의 계곡이 되면 덕이 떠나지 않으며, 영아의 순수로 돌아
가게 되지

밝음을 알면서도 어둠을 지키면 세상의 모범이 된다네
세상의 모범이 되면 덕에서 벗어나지 않아, 무극으로 돌아가게
되지

영광을 알면서도 욕됨을 지키면 세상의 골짜기가 된다네
세상의 골짜기가 되면 덕이 늘 충만하여 통나무로 되돌아가지

통나무가 갈리면 비로소 그릇이 되는 것이니
성인은 그 통나무를 잘 사용하여 통치자가 된다네

그러므로 큰 통치는 가르지 않는 것이라네

\\\\\

강하면서도 부드럽게

노자, 그 느낌을 노래하다

모두를 받아들이는 것이 도라고요?

밝음을 알면서 어둠을 지키면
세상의 모범이 되어
도로 돌아간다고요?

영광을 알면서 욕된 자리에 처할 줄 알면
덕이 충만하여
도의 자리로 돌아간다고요?

편 가르지 않는 것이
도라고요?

29장

天下神器

신비로운 기운

將欲取天下而爲之 (장욕취천하이위지)

吾見其不得已 (오견기부득이)

天下神器 不可爲也 (천하신기 불가위야)

爲者敗之 執者失之 (위자패지 집자실지)

是以聖人無爲 故無敗 (시이성인무위 고무패)

無執, 故無失 (무집 고무실)

故物 或行或隨 (고물혹행혹수)

或歔或吹 (혹허혹취)

或强或羸 (혹강혹리)

或挫或隳 (혹좌혹휴)

是以成 人去甚 (시이성인거심)

노자, 그 느낌을 노래하다

去奢 去泰 (거사 거태)

천하를 얻고자 하는 욕심으로 무엇을 하면,

내가 보기에 그것은 얻을 수 없네

천하는 신의 기운이 깃들어 있어, 무언가를 도모해서는 안 되네

무언가를 도모하면 실패하고, 집착하면 잃게 되지

성인은 무위하므로 실패가 없고,

집착하지 않으므로 잃음이 없다네

만물은 앞서기도 하고 뒤따르기도 하며

때로는 느리다가 때로는 굽해지기도 하며

강해지기도 하고 약해지기도 하며

꺾이기도 하고 무너지기도 하는 것이라네

그러므로 성인은 지나침을 삼가고,

사치를 버리며, 교만도 버린다네

\\\\\

우주의 기운
대지의 기운
하나님의 기운

토닥이며 내리는 빗방울에
아침에 내린 커피 향에
쉼 없이 떠드는 직박구리와 박새 소리에

부드럽고 따뜻한
공평하고 무한한
세상의 기운을 느끼네

억지로 할 일이 무엇이던가
사치할 일도
교만할 일도 없지 않은가

30장

不以兵強天下

화평하게

以道佐人主者 不以兵強天下 (이도좌인주자 불이병강천하)

其事好還 (기사호환)

師之所處 荊棘生焉 (사지소처 형자생언)

大軍之後 必有凶年 (대군지후 필유흉년)

善有果而已 (선유과이이)

不敢以取強 (불감이취강)

果而勿矜 果而勿伐 果而勿驕 (과이물긍 과이물벌 과이물교)

果而不得已 果而勿強 (과이부득이 과이물강)

物壯則老 (물장즉노)

是謂不道 (시위부도)

不道早已 (부도조이)

도를 따르는 지도자는 무력으로 천하를 강압하지 않는다네

그런 일은 바로 보복이 돌아오지
군대가 머문 곳에는 가시덤불만 자라나 황폐해지고
대군이 지나간 뒤에는 반드시 흉년이 오게 된다네

훌륭한 지도자는 위난을 평정하면 바로 그치고
무력으로 천하를 다스리려 하지 않지
성과가 있어도 자랑하지 않고, 공을 내세우지 않고, 교만하지
않다네
어쩔 수 없이 무력을 사용해도, 군림하지는 않는다네

만물은 성장하면 쇠하게 된다네
변하는 것은 도라고 말할 수 없지
도가 아닌 것은 일찍 끝나게 되네

\\\\

들을지어다
큰 대륙에서 무력으로
세계를 장악하려는 자들이여

노자, 그 느낌을 노래하다

그런 일은 보복이 돌아오며

그 땅이 황폐해지고

그리 오래지 않아 쇠락이 오리라는 것을

모른단 말이냐

페르시아, 로마…

역사를 보라

패망만이 그의 길 아니었더냐

아름다운 지구별에서

오래도록

화평하게 살아 보잔 말이다

31장

勝而不美

승리를 미화하지 않고

夫佳兵者 不祥之器 物或惡之 (부가병자 불상지기 물혹오지)

故有道者不處 (고유도자불처)

君子居則貴左 (군자거즉귀좌)

用兵則貴右 (용병즉귀우)

兵者不祥之器 非君子之器 (병자불상지기 비군자지기)

不得已而用之 恬淡爲上 (부득이이용지 염담위상)

勝而不美 (승이불미)

而美之者 是樂殺人 (이미지자 시락살인)

夫樂殺人者 則不可以得志於天下矣 (부락살인자 즉불가
이득지어천하의)

吉事尚左 凶事尚右 (길사상좌 흉사상우)

偏將軍居左 上將軍居右 (편장군거좌 상장군거우)

言以喪禮處之 (언이상례처지)

殺人之衆 以哀悲泣之 戰勝以喪禮處之 (살인지중 이애
비읍지 전승이상례처지)

무릇 전쟁은 상서로운 것이 아니니, 사람들이 싫어하네
그러므로 도를 따르는 사람은 그곳에 처하지 않는다네

군자는 평소 왼쪽 자리를 귀하게 여기고,
군사일 때는 오른쪽 자리를 귀하게 여기지

군사는 상서롭지 못한 도구이며, 군자가 쓰는 도구가 아니라네
어쩔 수 없이 사용하게 되면, 조용함과 담담함을 우선으로 하고
이기더라도 미화하지 말아야 하네
이를 미화하는 것은 살인을 즐기는 것과 같지
살인을 즐거워하는 자는 세상에서 뜻을 얻을 수 없다네

길한 일에는 왼쪽을 높이고, 흉한 일에는 오른쪽을 높여 주는데
편장군(부사령관)을 왼쪽에, 상장군(사령관)을 오른쪽에 두는
것은

상례를 치른다는 의미가 있지
많은 사람의 죽음을 애도하기 위해, 전쟁의 승리는 상례로 치
러야 한다네

\\\\

그럴 수 있다면

이기고
진 사람의 마음을 먼저 헤아릴 수 있다면

이기려 하지 않고
어쩔 수 없이 이겼다면, 조용하고 담담하게

나와 상대의 마음을
똑같이 챙길 수 있다면

노자, 그 느낌을 노래하다

32장

猶川谷之與江海

강물처럼 흐르는 도

道常無名 (도상무명)

樸雖小 (박유소)

天下莫能臣也 (천하막능신야)

侯王若能守之 萬物將自賓 (후왕약능수지 만물장자빈)

天地相合 以降甘露 (천지상합 이강감로)

民莫之令而自均 (민막지령이자균)

始制有名 名亦旣有 (시제유명 명역기유)

夫亦將知止 (부역장지지)

知止所以不殆 (지지소이불태)

譬道之在天下 (비도지재천하)

猶川谷之與江海 (유천곡지여강해)

道(도) ─── 우주 한가운데 영원의 순간에　　　　　　　　　　111

도는 언제나 이름이 없고,

다듬지 않은 통나무처럼 질박하지만

이를 다스릴 자 세상에 없다네

제후나 임금이 도를 지키면, 만물이 스스로 복종할 것이네

하늘과 땅이 만나 감로를 내리듯이,

백성은 명령하지 않아도 저절로 안정될 것이네

처음으로 어떤 것이 만들어지면 이름이 생기나니,

이름이 있다면 한계도 알아야 하네

한계를 알면 위태롭지 않다네

도가 이 세상에 있는 것을 비유하자면,

냇물이 강과 바다로 흘러드는 것과 같네

\\\\\

이슬처럼 내리는 도를

보고 싶어라

노자, 그 느낌을 노래하다

바람처럼 불어오는 도를

느끼고 싶어라

강물처럼 흐르는 도에

빠지고 싶어라

33장

自知者明

자신을 알고

知人者智 自知者明 (지인자지 자지자명)

勝人者有力 自勝者强 (승인자유력 자승자강)

知足者富 强行者有志 (지족자부 강행자유지)

不失其所者久 (부실기소자구)

死而不亡者壽 (사이불망자수)

타인을 아는 사람은 지식이 있을 뿐이고, 자신을 아는 사람은
명철하다네

타인을 이기는 사람은 힘 있는 자이고, 자신을 이기는 사람은
진정 강한 자라네

족함을 아는 것이 진정한 부이며, 힘써 행하는 자가 뜻이 있는
자라네

자신이 자리할 곳을 잃지 않는 자는 오래가고

죽음이 와도 도를 잊지 않는 사람이 수를 누리는 것이라네

(죽어서도 잊히지 않는 사람이 수를 누리는 것이라네)

\\\\

자신을 알고
자신을 이기며
자족할 줄 알고,
내가 있어야 할 자리에 있는 것

죽음을 받아들일 수 있는 의식,
죽어서도 잊히지 않을 삶,

노자 도인의 말을 새기며
고요하고 충만해지는 아침입니다

34장

大道氾兮

그 품에 안기리

大道氾兮 其可左右 (대도범혜 기가좌우)

萬物恃之以生而不辭 (만물시지이생이불사)

功成不名有 (공성불명유)

衣養萬物而不爲主 (의양만물이불위주)

常無欲 可名於小 (상무욕 가명어소)

以其終不自爲大 (이기종부자위대)

故能成其大 (고능성기대)

큰 도는 넓어서 좌우 사방 미치지 않는 곳이 없다네

만물이 모두 그것에 의지하여 살지만 귀찮아하지 않지

공이 있어도 자기 이름을 드러내지 않는다네

만물을 사랑으로 기르지만 주인 노릇 하지 않네

언제나 다른 의도를 품지 아니하여, 작다는 이름으로 불리기도

하지

만물이 그 품에 돌아가도 주인 되려 아니하니 크다는 이름으로

불린다네
스스로 크려 하지 않기 때문에 위대한 것이네

\\\\

화평하여라
만물을 품에 안아 기르며
주인 노릇 하지 않는다니

크도다
그 이름

스스로 있는 자여
어디에나 있는 자여

그 품에 안기리

35장

淡乎其無味

아무 맛 없지만

執大象 天下往 (집대상 천하왕)
往而不害 安平太 (왕이불해 안평태)

樂與餌 過客止 (낙여이 과객지)
道之出口 淡乎其無味 (도지출구 담호기무미)

視之不足見 (시지부족견)
聽之不足聞 (청지부족문)
用之不足既 (용지부족기)

큰 형상을 가지고 있으니, 세상 모두가 그리로 나아가네
그리로 나아가면 해가 없으니, 안전하고 태평하도다

듣기 좋은 음악과 맛있는 음식은 지나가는 나그네도 멈춰 세우
지만

도는 말로 표현해도 담백하고 밋밋하여 별맛이 없다네

그것은 보려 해도 잘 보이지 않고
들으려 해도 잘 들리지 않으나
아무리 사용해도 다함이 없다네

\\\\

아무 맛 없지만
모두에게 필요한
물을 생각해요

보이지 않지만
생명을 살리는
공기를 떠올려요

변함없이
비춰 주는
햇빛을 느껴요

道(도) —— 우주 한가운데 영원의 순간에

비가 와도

바람이 불어도

뜨거운 햇볕이 내리쬐어도

고맙기만 해요

노자, 그 느낌을 노래하다

36장

柔弱勝剛強

새싹을 보았어요

將欲歙之 必固張之 (장욕흡지 필고장지)

將欲弱之 必固強之 (장욕약지 필고강지)

將欲廢之 必固興之 (장욕폐지 필고흥지)

將欲奪之 必固與之 (장욕탈지 필고여지)

是謂微明 (시위미명)

柔弱勝剛強 (유약승강강)

魚不可脫於淵 (우불가탈어연)

國之利器不可以示人 (국지이기불가이시인)

거두어 들이려면 먼저 베풀어야 하고

약하게 하려면 먼저 강하게 해 줘야 하네

무너뜨리려면 먼저 일으켜 세워야 하고

빼앗고자 하면 먼저 주어야 하네

이를 일컬어 미명이라 하네

道(도) ── 우주 한가운데 영원의 순간에

부드럽고 약한 것이 단단하고 강한 것을 이긴다네
물고기가 연못을 벗어나면 안 되듯이
나라의 이기는 사람들에게 보여서는 안 되네

\\\\

거친 흙을 뚫고
시멘트 바닥 갈라진 틈으로
나오는 새싹을 보았어요

힘이 약한 것도
살아갈 수 있는 것이 자연이지요

자연스럽게
힘을 빼 보아요

갓난아기를 이기는 어른을
본 적이 없거든요

노자, 그 느낌을 노래하다

37장

無名之樸
이름 없는 통나무

道常無爲 而無不爲 (도상무위 이무불위)

侯王若能守之 萬物將自化 (후왕약능수지 만물장자화)

化而欲作 吾將鎭之以無名之樸 (화이욕작 오장진지이무명지박)

無名之樸 夫亦將無欲 (무명지박 부역장무욕)

不欲以靜 天下將自定 (불욕이정 천하장자정)

도는 늘 무위하지만, 이루지 못하는 게 없네

통치자가 이 도를 지킬 수 있다면, 만물은 저절로 교화될 것이네

교화하려는 욕망이 생겨나면, 나는 이름 붙지 않은 순박함으로
억누를 것이네

이름 붙지 않은 순박함으로 억누르면 욕망이 사라질 것이네

욕망이 없고 마음이 고요해지면, 세상은 저절로 안정될 것이네

\\\\

이름 붙지 않은 순박함

이름 없는 통나무

통나무의 질박함

무엇이든 될 수 있는 원형

우리 각자의 통나무엔

무엇이 들어 있을까요?

노자, 그 느낌을 노래하다

2부

德

마음 바탕에 고요와 기쁨이

38장

處其厚

마음 깊이

上德不德 是以有德 (상덕부덕 시이유덕)

下德不失德 是以無德 (하덕부실덕 시이무덕)

上德無爲而無以爲 (상덕무위이무이위)

上仁爲之而無以爲 (상인위지이무이위)

上義爲之而有以爲 (상의위지이유이위)

上禮爲之而莫之應 則攘臂而扔之 (상례위지이막지응 칙양비이잉지)

故失道而後德 失德而後仁 (고실도이후덕 실덕이후인)

失仁而後義 失義而後禮 (실인이후의 실의이후례)

夫禮者 忠信之薄 而亂之首 (부례자 충신지박 이란지수)

前識者 道之華 而愚之始 (전식자 도지화 이우지시)

是以大丈夫處其厚 不居其薄 (시이대장부처기후 불거기박)

　　　　　　　　　　　노자, 그 느낌을 노래하다

處其實 不居其華 (처기실 불거기화)

故去彼取此 (고거피취차)

높은 덕은 덕을 내세우지 않으니, 이에 덕을 지니게 되네

낮은 덕은 덕을 잃지 않으려 하니, 이에 덕이 없게 되네

높은 덕은 무위하여 무엇을 위함이 없네

높은 인은 인을 행하지만 무엇을 위함이 없네

높은 의는 그것을 행함에 무엇을 위하여 한다네

높은 예는 그것을 행하되 따라오지 않으면, 억지로 끌어당겨

하게 한다네

그러므로 도를 잃은 후에 덕이 나타나고, 덕을 잃은 후에 인이

중시되며

인을 잃은 후에 의를 강조하고, 의를 잃은 후에 예를 내세우게

되네

무릇 예라는 것은, 충성과 믿음이 얇아진 결과이고, 혼란의 조

짐이라네

앞을 내다보는 것은, 도가 꾸며진 것이며, 어리석음의 시작이

라네

그러므로 대장부는 두터움에 머물지, 얄팍함에 머물지 않고
그 참됨에 머물지, 그 꾸며진 것에 머물지 않네
그러므로 저것(얄팍하고 꾸며진 것)을 버리고, 이것(두터움과
참됨)을 취한다네

\\\\

조문을 가요
상가가 생겼어요

그동안은 주로 예로써 방문했네요
오늘은 예에 머물지 않고
마음 깊이 애도하는 마음을 가져 봐요

말은 하지 않아도
내 안 깊이
보내 드리는 분과 남아 있는 분에 대한
마음을 가져요

두터움에 머물러야겠어요

39장

貴以賤爲本
하나일세

昔之得一者 (석지득일자)

天得一以淸 地得一以寧 (천득일이청 지득일이녕)

神得一以靈 谷得一以盈 (신득일이령 곡득일이영)

萬物得一以生 侯王得一以爲天下貞 (만물득일이생 후왕
득일이위 천하정)

其致之 (기치지)

天無以淸 將恐裂 (천무이청 장공렬)

地無以寧 將恐發 (지무이녕 장공발)

神無以靈 將恐歇 (신무이령 장공렬)

谷無以盈 將恐竭 (곡무이영 장공갈)

萬物無以生 將恐滅 (만물무이생 장공멸)

侯王無以貴高 將恐蹶 (후왕무이귀고 장공궐)

故 貴以賤爲本 (고귀이천위본)

高以下爲基 (고이하위기)

是以侯王自稱孤 寡 不穀 (시이후왕자칭고 과 불곡)

此非以賤爲本耶 非乎 (차비이천위본야 비호)

故致數譽無譽 (고치삭예무예)

不欲琭琭如玉 珞珞如石 (불욕록록여옥 력력여석)

예로부터 도를 따름으로 얻은 것이 있네

하늘이 도에 의해 맑아졌고, 땅이 도의 작용으로 편안해졌으며,

신이 도로 인해 신령해졌고, 계곡이 도로 인해 가득 채워졌으며,

만물이 도에 의해 생겨났고, 왕이 도를 따름으로 천하가 바르게

되었다네

도가 이런 것들을 이루었는바,

하늘이 도에 의해 맑아진 것이 아니라면 장차 갈라지게 될 것이고,

땅이 도에 의해 편안해진 것이 아니라면 장차 솟구치게 될 것이네

신이 도로써 신령해진 것이 아니라면 장차 역할이 끝나게 될 것이고,

계곡이 도에 의해 채워진 것이 아니라면 장차 마르게 될 것이네

만물이 도에 의해 태어난 것이 아니라면 장차 소멸될 것이고,

왕이 도에 의해 고귀한 것이 아니라면 장차 무너져 망할 것이네

　　　　　　　　노자, 그 느낌을 노래하다

천함이 있기에 귀함이 있고, 귀함은 천함을 근본으로 삼네

높음은 낮음이 있어서 높아질 수 있기에 낮음을 토대로 삼지

이런 이유로 왕은 스스로 고·과·불곡이라 낮춰서 칭한다네

이것이 바로 천함을 근본으로 삼는 것 아니겠는가

그래서 명예에 자주 머무르는 것은 명예가 아니네

옥처럼 빛나기를 바라기보다, 돌처럼 단단한 것이 낫다네

\\\\\

하나일세

하나일세

높음과 낮음이 하나요

귀함과 천함이 하나로다

하나일세

하나일세

너와 내가 하나요

남과 북이 하나로다

하나일세

하나일세

사람과 자연이 하나요

삶과 죽음이 하나로다

노자, 그 느낌을 노래하다

40장

反者, 道之動

꽃이 피고 지는 것이

反者 道之動 (반자 도지동)

弱者 道之用 (약자 도지용)

天下萬物生於有 (천하만물생어유)

有生於無 (유생어무)

되돌아가는 것이 도의 움직임이며

약한 것이 도의 쓰임이라네

세상의 모든 것은 있음(유)에서 생겨나고

있음은 없음에서 생겨난다네

\\\\\

꽃이 피고 지는 것이

道의 방향이라네

태어나고 죽는 것이
자연이라네

계족산으로 해가 뜨는 지금,
아마존으로 해가 지고 있다네

道는 강물처럼 흐른다네
거스르지 않고
낮은 곳으로 낮은 곳으로

꽃은 어디에서 왔는가
새는 어디에서 왔는가
씨에서 왔고, 알에서 왔다네

또한 그 씨는, 그 알은
아무것도 없는 우주에서 왔다네

노자, 그 느낌을 노래하다

41장

道隱無名

숨어서 이름 없는 도

上士聞道 勤而行之 (상사문도 근이행지)

中士聞道 若存若亡 (중사문도 약존약망)

下士聞道 大笑之 (하사문도 대소지)

不笑不足以爲道 (불소부족이위도)

故建言有之 (고건언유지)

明道若昧 進道若退 (명도약매 진도약퇴)

夷道若纇 (이도약뢰)

上德若谷 太白若辱 (상덕약곡 태백약욕)

廣德若不足 建德若偷 (광덕약부조 건덕약투)

質眞若渝 (질진약투)

大方無隅 大器晚成 (대방무우 대기만성)

大音希聲 大象無形 (대음희성 대상무형)

道隱無名 (도은무명)

夫唯道 善貸且成 (부유도 선대차성)

높은 단계의 선비는 도를 들으면, 부지런히 그것을 실천하고

중간 단계의 선비는 도를 들으면, 긴가민가하고

낮은 단계의 선비는 도를 들으면, 크게 비웃네

그런 부류가 비웃지 않는다면 오히려 도라고 하기 어려울 것이네

그래서 다음과 같은 말이 있네

밝은 길은 어두운 듯하고, 앞으로 나아가는 길은 물러나는 듯하며,

평평한 길은 울퉁불퉁한 듯하네

높은 덕은 계곡과 같으며, 정말 깨끗한 것은 더러운 듯하네

넓은 덕은 부족한 듯하고, 건실한 덕은 게으른 듯하며,

바탕이 진실한 것이 변질된 것 같다네

큰 사각형에는 모서리가 없고, 큰 그릇은 늦게 완성되며,

큰 음은 소리가 없고, 큰 형상은 모습이 드러나지 않네

도(道)는 감추어져 이름이 없지만,

노자, 그 느낌을 노래하다

오직 도만이 만물에게 베풀어 주고 이루어지게 한다네

\\\\

긴가민가하는 사람들이 모여서
도를 행하는 길을 얘기했네
웃지는 않았네

밝은 길은 어두운 것 같고
나아가는 길은 물러나는 것 같고
평탄한 길은 울퉁불퉁한 것 같다네

넓은 덕은 모자라는 것 같고
건실한 덕은 게으른 것 같고
진실한 것이 변질된 것 같다네

큰 사각은 모서리가 없으며
큰 그릇은 완성할 수가 없고
큰 소리는 소리가 없으며
큰 모양은 형체가 없다네

보아도 들어도

역시나 긴가민가

숨어서 이름 없는 도(道)

앞마당에 빨간 앵두 몇 알 따 온 도반

노란 참외 한 박스 둘러메고 버스 타고 달려온 도반

그 속에 도(道)가 보일락 말락

노자, 그 느낌을 노래하다

42장

負陰而抱陽

음과 양의 조화로다

道生一 一生二 二生三 三生萬物 (도생일 일생이 이생삼 삼생만물)

萬物負陰而抱陽 沖氣以爲和 (만물부음이포양 충기이위화)

人之所惡 唯孤 寡 不穀 而王公以爲稱 (인지소오 유고 과 불곡 이왕공이위칭)

故物或損之而益 或益之而損 (고물혹손지이익 혹익지이손)

人之所敎 我亦敎之 (인지소교 아역교지)

强梁者不得其死 (강양자부득기사)

吾將以爲敎父 (오장이위교부)

道는 하나를 낳고, 하나는 둘을 낳고, 둘은 셋을 낳고, 셋은 만물을 낳는다네

만물은 음(陰)을 등에 지고, 양(陽)을 가슴에 품어, 생성의 조화를 이룬다네

사람들은 고독과 부족함과 쭉정이를 싫어하나, 왕공(王公)은

이를 자신의 칭호로 삼지

그러므로 사물의 이치란 손해가 이익이 되기도 하고, 이익이

손해가 되기도 한다네

사람들이 가르치는 바를 나 역시 가르치려고 하네

강포한 자는 제명에 죽지 못한다고 하지

나도 이것을 가르침의 근본으로 삼고자 하네

\\\\

에헤라디야!

손해가 이익이 되고

이익이 손해가 되네

얼씨구 좋다

음과 양의 조화로다

음 없이 양 없고, 양 없이 음 없네

정반합으로 돌아가는 세상

둥글게 둥글게~

함께 손잡고

한바탕 춤이나 춰 보세

노자, 그 느낌을 노래하다

43장

不言之教

말하지 않았어요

天下之至柔 (천하지지유)

馳騁天下之至堅 (치빙천하지지견)

無有入無間 (무유입무간)

吾是以知無爲之有益 (오시이지무위지유익)

不言之教 無爲之益 (불언지교 무위지익)

天下希及之 (천하희급지)

세상에서 가장 부드러운 것이

세상에서 가장 단단한 것을 이겨 내지

'없음'만이 틈이 없는 문으로 들어갈 수 있다네

이런 이유로 나는 무위(억지로 하지 않음)의 유익을 안다네

말이 없는 가르침과 무위의 유익을

실천할 수 있는 사람은 세상에 드물다네

\\\\\

"불언지교"

평화가 무엇이라고 말하지 않았어요

빙긋이 웃으며 바라보실 뿐,

붓으로 도덕경을 써서 벽에 걸고

원하는 사람 모두에게 대가 없이 가르치실 뿐,

평화 활동은 어떤 것이라고 말하지 않았어요

평화가 담긴 글을 붓글씨로 써서

전시회 수익금을 모조리 미얀마에 보내셨을 뿐,

치열한 삶을 사는 이들에게 다정한 표주박 통신을 띄우고

지방신문에 맑고 낮은 목소리의 칼럼을

오랫동안 무료로 쓰고 계실 뿐

평화로운 삶에 대해 말하지 않았어요

저만치

단아하게

걸어가고 계실 뿐

　　　　　　　　　노자, 그 느낌을 노래하다

44장

知足不辱

무엇을 더 바라리요

名與身孰親 (명여신숙친)

身與貨孰多 (신여화숙다)

得與亡孰病 (득여망숙병)

是故甚愛必大費 (시고심애필대비)

多藏必厚亡 (다장필후망)

知足不辱 (지족불욕)

知止不殆 (지지불태)

可以長久 (가이장구)

이름과 몸, 어느 것이 더 나에게 가까운 것인가?

몸과 재화, 어느 것이 더 나에게 소중한 것인가?

얻음과 잃음, 어느 것이 더 나에게 화근이 되겠는가?

이런 이유로 내 몸을 심히 아끼면 반드시 큰 대가를 치르고,
재화를 많이 쌓아 두면 반드시 크게 잃게 되네

만족할 줄 아는 사람은 욕을 당하지 않고
그칠 줄 아는 사람은 위태로움을 당하지 않으니
장구할 수 있다네

\\\\

"우주가 곧 나인데 뭘 더 바란단 말인가?"
무위당 장일순 선생님의 말을 떠올립니다

나,
숨 쉬고 있는 이 몸

명성이 없어도
재물이 없어도

쉼 없이 심장이 박동하고
끊임없이 호흡하여 세포를 살리는

　　　　　　　　　　　　　노자, 그 느낌을 노래하다

신비한 몸

무엇을 더 바라리요

45장

清靜爲天下正

마음 바탕에 고요와 기쁨이

大成若缺 其用不弊 (대성약결 기용불폐)

大盈若沖 其用不窮 (대영약충 기용불궁)

大直若屈 (대직약굴)

大巧若拙 (대교약졸)

大辯若訥 (대변약눌)

躁勝寒 靜勝熱 (조승한 정승열)

清靜爲天下正 (청정위 천하정)

크게 이루어진 것은 모자란 듯하나, 그 쓰임은 끝이 없네

가득 찬 것은 조금 빈 듯하나, 그 쓰임은 부족함이 없네

크게 곧은 것은 조금 굽은 듯하고,

훌륭한 솜씨는 조금 서툴러 보이고,

달변은 조금 어눌한 것 같다네

움직임은 한기를 이기고, 고요함은 열기를 이긴다네

맑고 고요함이 천하의 정도라네

노자, 그 느낌을 노래하다

\\\\

장마철입니다
하늘의 구름이 변화무쌍합니다

먹구름이 덮여 있을 때
먹구름 너머 파란 하늘이 있다는 사실을
잊을 때가 많습니다

흘러가는 구름을 보듯
마음을 살펴봅니다
흘러가는 여러 마음을
그저 바라봅니다

그러다 보면 환한 고요를 느낍니다
마치 구름 너머 하늘처럼…

마음 바탕에 고요와 기쁨이
본래 있습니다

46장

故知足之足, 常足矣

비 오는 아침은 빗소리를 들을 수 있어서 좋고

天下有道 卻走馬以糞 (천하유도 각주마이분)

天下無道 戎馬生於郊 (천하무도 융마생어교)

罪莫厚於甚欲 (죄막후어심욕)

禍莫大於不知足 (화막대어부지족)

咎莫大於欲得 (구막대어욕득)

故知足之足 常足矣 (고지족지족 상족의)

세상에 도가 있으면, 천리마조차 농사일에 쓰게 되고,

세상에 도가 없으면, 새끼 밴 어미 말이 전장에서 해산하네

욕심을 내는 것보다 더 큰 죄가 없고,

족함을 모르는 것보다 더 큰 화가 없으며,

계속 얻기를 욕망하는 것보다 더 큰 허물은 없네

그러므로 족함을 아는 것만이, 항상 만족할 수 있게 한다네

\\\\\

비 오는 아침은 빗소리를 들을 수 있어서 좋고
맑은 날 새벽은 새소리를 들을 수 있어서 좋지

글감이 떠오르는 날은 글을 쉽게 쓸 수 있어서 좋고
글감이 떠오르지 않는 날은 오래 생각할 수 있어서 좋아

아들이 장가를 가면 좋겠지만
장가를 안 가니 같이 살 수 있어서 좋지

젊음은 파릇해서 좋았고
나이 듦은 여유가 생겨서 좋지

직장이 있어 일을 할 수 있으니 좋고
퇴직을 하면 자유로워서 좋을 거야

故知足之足, 常足矣로다

47장

不出戶知天下

바로 거기

不出戶知天下 (불출호지천하)

不闚牖見天道 (불규유견천도)

其出彌遠 其知彌少 (기출미원 기지미소)

是以聖人不行而知 (시이성인불행이지)

不見而名 (불견이명)

不爲而成 (불위이성)

집을 나가지 않고도 천하를 알고,

창을 내다보지 않고도 천체의 운행을 볼 수 있네

멀리 갈수록 그 아는 것이 오히려 적어진다네

이 때문에 성인은 행하지 않고도 알고,

보지 않고도 구별하며,

하지 않고도 이룬다네

\\\\\

노자, 그 느낌을 노래하다

천하가 내 안에 있고
천체의 운행이 내 안에 있다네

평화의 들이 있고
청록의 산이 있고
검푸른 바다도 있네

새벽노을이 곱고
저녁노을은 신비롭고
별들이 반짝이네

바로 거기
미지의 세계가 있었구나
가깝고도 먼 곳
시원이 거기 있었구나

48장

無爲而無不爲

무위는 사랑인가요?

爲學日益 爲道日損 (위학일익 위도일손)

損之又損 以至於無爲 (손지우손 이지어무위)

無爲而無不爲 (무위이무불위)

取天下常以無事 (취천하상이무사)

及其有事 不足以取天下 (급기유사 부족이취천하)

배우는 것은 날마다 보태는 것이고, 도를 행하는 것은 날마다
덜어 내는 것이네
덜어 내고 또 덜어 내면 무위의 경지에 이르게 되지
무위를 행하면 되지 않는 일이 없다네
천하를 다스리는 것은 항상 일을 만들지 않으면서 하네
일을 만드는 것은 천하를 다스리기에 부족하다네

\\\\\

노자, 그 느낌을 노래하다

아기는 웃었을 뿐이고
엄마는 행복했지요

숲이 푸르렀을 뿐인데
사람들에게 편안함을 주었네요

무위는 사랑인가요?
억지로 하지 않고
받으려 하지 않고
생색내지 않아요

덜어 내고 또 덜어 내어
텅 빈 마음
그곳에 무위가 있나 봐요

아기에게 있고
새싹 속에 있으니
무위는 처음부터 있었나 봐요

49장

德善, 德信
내가 먼저

聖人常無心 以百姓心爲心 (성인상무심 이백성심위심)

善者吾善之 不善者吾亦善之 (선자 오선지 불선자 오역선지)

德善 (덕선)

信者吾信之 不信者吾亦信之 (신자 오신지 불신자 오역신지)

德信 (덕신)

聖人在天下 歙歙焉 (성인재천하 흡흡언)

爲天下渾其心 (위천하혼기심)

百姓皆注其耳目 (백성개주기이목),

聖人皆孩之 (성인개해지)

성인은 늘 자신의 마음을 갖지 않고, 백성의 마음을 제 마음으로 삼네

선한 사람을 선하게 대하고, 선하지 않은 사람도 역시 선하게 대하니,

모두가 선하게 되네

미더운 사람을 믿고, 미덥지 않은 사람도 역시 믿으니,
모두가 미덥게 되네
성인은 세상에 있으면서, 자신의 의지를 거두어들이고,
세상을 위하여 자신의 마음을 백성의 마음과 같이하지
그러면 백성은 보고 듣는 것을 성인에게 맡기게 되니,
성인은 백성을 어린아이처럼 보살핀다네

\\\\

내가 먼저 웃을래요
아무 일 없어도

내가 먼저 믿을래요
어떤 일이 있어도

내가 먼저 손 내밀래요
아직 서먹하더라도

50장

以其無死地

죽음의 여지가 없어지는 삶

出生入死 (출생입사)

生之徒 十有三 死之徒 十有三 (생지도 십유삼 사지도 십유삼)

人之生 動之死地 亦十有三 (인지생 동지사지 역십유삼)

夫何故 以其生生之厚 (부하고 이기생생지후)

蓋聞善攝生者 陸行不遇兕虎 入軍不被甲兵 (개문선섭 생자 육행불우시호 입군불피갑병)

兕無所投其角 虎無所措其爪 兵無所容其刃 (시무소투 기각 호무소조기조 병무소용기인)

夫何故 以其無死地 (부하고 이기무사지)

삶에서 벗어나 죽음으로 들어가네

삶의 무리가 열에 셋이고, 죽음의 무리가 열에 셋이고

삶의 길에서 죽음으로 옮겨 가는 사람 역시 열에 셋이라네

왜 그런가? 살고자 하는 욕심이 두터워서 그렇다네

듣자 하니 섭생을 잘하는 사람은, 산길을 다녀도 코뿔소나 호
랑이를 피하지 않고, 군대에 가더라도 갑옷으로 무장하지 않네
코뿔소는 그 뿔을 박을 곳이 없고, 호랑이는 그 발톱을 쓸 곳이
없으며, 적군은 칼을 찌를 곳이 없기 때문이라네
어떻게 그런가? 죽음에 이르는 여지를 없애 버렸기 때문이지

\\\\

'살고자 하면 죽고, 죽고자 하면 살게 되리라'는
말이 떠오릅니다

내가 나를 지키려 함보다
나보다 많은 타인이 나를 도울 수 있게 된다면
더 안전하겠지요
자연, 우주, 하나님이 나를 돕는다면
훨씬 안전하겠지요

사랑을 위해
평화를 위해

자유를 위해

자신을 던질 수 있다면

아마도 그것이 사는 것이 되겠지요

죽음의 여지가 없어지는 삶은

그런 것이 아닐까요

51장

是謂玄德

현덕은 마치 햇빛과 같군요

道生之 德畜之 (도생지 덕축지)

物形之 勢成之 (물형지 세성지)

是以萬物莫不尊道而貴德 (시이만물막부존도이귀덕)

道之尊 德之貴 夫莫之命常自然 (도지존 덕지귀 부막지명
상자연)

故道生之 德畜之 (고도생지 덕축지)

長之育之 亭之毒之 養之覆之 (장지육지 정지독지 양지복지)

生而不有 爲而不恃 長而不宰 (생이불유 위이불시 장이부재)

是謂玄德 (시위현덕)

도는 만물을 낳고, 덕은 그것을 기른다네

물질이 형체를 만들고, 기세가 그것을 이루어 주지

이 때문에 만물은 도를 존중하고 덕을 귀하게 여기지 않을 수
없네

도의 높음과 덕의 귀함은 누가 명하지 않아도 항상 스스로 그러

하지

그런 이유로 도는 만물을 낳고, 덕은 만물을 기른다고 하네

기르고 양육하여, 안정시키고 성숙시키며, 돌보고 덮어 주지

낳았지만 소유하지 않고, 공을 자랑하지 않으며, 길렀지만 주관하려 하지 않네

이것을 일러 현덕이라 하네

\\\\

현덕은 마치 햇빛과 같군요

만물을 자라게 하지만, 잘난 체하는 걸 못 봤어요

현덕은 마치 공기와 같군요

모두에게 생명을 주지만, 있는 듯 없는 듯 있지요

현덕은 마치 비와 같아요

목마른 대지에 생수를 주지만, 생색내지 않아요

현덕이 내게 온다면

난 아마 우주가 될지도 몰라요

노자, 그 느낌을 노래하다

오늘 내게 현덕이 온다면 숨어야겠어요

아직은 지구에 작은 아이로 있고 싶으니까요

52장

是爲習常

영원으로 가는 길

天下有始 以爲天下母 (천하유시 이위천하모)

旣得其母 以知其子 (기득기모 이지기자)

旣知其子 復守其母 沒身不殆 (기지기자 복수기모 몰신불태)

塞其兌 閉其門 終身不勤 (색기태 폐기문 종신불근)

開其兌 濟其事 終身不救 (개기태 제기사 종신불구)

見小曰明 守柔曰強 (견소왈명 수유왈강)

用其光 復歸其明 無遺身殃 (용기광 복귀기명 무유신앙)

是爲習常 (시위습상)

천하는 모두 시작이 있네, 그 시작이 세상을 낳은 근원이지

그 근원을 알 수 있다면, 그로 인해 생겨난 천지 만물도 알 수
있다네

그 생겨난 만물을 알고, 다시 근원으로 돌아가 근원을 지킨다
면, 죽을 때까지 위태롭지 않다네

입을 다물고, 문을 닫으면, 평생 애쓸 일이 없네

입을 열고, 일을 벌리면, 평생 헤어날 길이 없네

미묘한 것을 보는 것이 밝음이며, 부드러움을 지키는 것이 강함이네

그 빛을 사용해, 밝음으로 돌아오면, 몸을 망치는 일이 없을 것이네

이것이 영원을 배우는 것이라네

\\\\\

근원을 알고 지키는 일
미묘한 자연의 섭리를 아는 일
모두를 포용하는 부드러움을 지키는 일
이것이 영원으로 가는 길이라 들었습니다

서로 다른 여러 해석을 보며
내가 이해할 수 있는 틀로 재해석합니다

엉뚱하게 이해했더라도
진리임에 틀림없습니다

노자 도인이 이를 본다면

아마도 웃으면서 머리를 끄덕일 것입니다

오답일지라도 말입니다

53장

行於大道, 唯施是畏

큰길을 가겠네

使我介然有知 行於大道 (사아개연유지 행어대도)

唯施是畏 (유시시외)

大道甚夷 而民好徑 (대도심이 이민호경)

朝甚除 全甚蕪 倉甚虛 (조심제 전심무 창심허)

服文綵 帶利劍 厭飮食 財貨有餘 (복문채 대리검 염음식 재화유여)

是謂盜夸 (시위도과)

非道也哉 (비도야재)

나에게 작은 지혜라도 있다면, 나는 대도를 가겠네

오직 이 길에서 벗어날까 두려워하며

대도는 지극히 평탄한데, 사람들은 지름길을 좋아하지

조정은 지나치게 세금을 거두고, 전답은 황폐하고, 곳간은 텅

비었네

비단옷을 입고, 날카로운 칼을 차고, 음식은 물릴 지경이며,

재화는 남아도네

이를 일러 도둑질을 자랑함이라 하지

이것은 도가 아니라네

\\\\

뚜벅뚜벅

큰길을 가겠네

그 길이 비록 더디더라도

비단옷을 입은 사람도

칼을 차고 힘을 과시한 사람도

산해진미로 배 불린 사람도

그 길 끝에서는 만나게 되지

함께 배고프고

함께 아파하며

손잡고 걷는다면

고된 길이 되겠지만

그 길 끝에서 마주 보며 웃을 수 있겠지

54장

修之於身

내 안에 사랑이 있다면

善建者不拔 善抱者不脫 (선건자불발 선포자불탈)

子孫以祭祀不輟 (자손이제사불철)

修之於身 其德乃眞 (수지어신 기덕내진)

修之於家 其德乃餘 (수지어가 기덕내여)

修之於鄕 其德乃長 (수지어향 기덕내장)

修之於邦 其德乃豊 (수지어방 기덕내풍)

修之於天下 其德乃普 (수지어천하 기덕내보)

故以身觀身 (고이신관신)

以家觀家 (이가관가)

以鄕觀鄕 (이향관향)

以國觀國 (이국관국)

以天下觀天下 (이천하관천하)

吾何以知天下然哉? 以此 (오하이지천하연재? 이차)

잘 심긴 것은 뽑히지 않고, 잘 화합한 것은 이탈하지 않아서
끊이지 않고 자손 대대로 이어진다네

잘 닦인 사람은 그 덕이 참되며
잘 정리된 집은 그 덕이 여유롭고
잘 정돈된 마을은 그 덕이 멀리 뻗어 나가지
수양이 이루어진 나라는 그 덕이 풍요롭고
수양이 이루어진 세상은 그 덕이 두루 퍼진다네

그러므로 나 자신을 통해 다른 사람을 보고
나의 가정을 통해 다른 가정을 알며
내 마을을 통해 다른 마을을 보고
내 나라를 통해 다른 나라를 알며
내 세상으로 다른 세상을 본다네

내가 어떻게 천하를 알 수 있겠는가? 바로 이 때문이라네

\\\\\

내 안에 사랑이 있다면
가정으로 사랑이 흐르겠지
그 사랑이 세상으로 흐를 거야

내 안에 평화가 있다면
이웃으로 평화가 흐르겠지
그 평화가 세상으로 흐를 거야

내 마음 비록 작은 물방울이라도
넓은 호수에 동심원을 그리며 퍼지는 물결처럼
세상을 향해 나아갈 거야

55장

比於赤子

너의 뽀송한 그 얼굴에

含德之厚 比於赤子 (함덕지후 비어적자)

蜂蠆虺蛇弗螫 (봉채훼사불석)

攫鳥猛獸弗搏 (확조맹수불박)

骨弱筋柔而握固 (골약근유이악고)

未知牝牡之會而朘怒 (미지빈모지회이최노)

精之至也 (정기지야)

終日號而不嗄 和之至也 (종일호이불사 화지지야)

和曰常 知常曰明 (화왈상 지상왈명)

益生曰祥 心使氣曰强 (익생왈상 심사기왈강)

物壯則老 (물장즉로)

謂之不道 不道早己 (위지불도 불도조기)

덕이 두터운 사람은 갓난아이와 같네

독충이나 독사도 그를 쏘지 못하고,

사나운 새나 맹수도 그를 덮치지 못하네

뼈와 근육이 약하고 부드럽지만 쥐는 힘이 세고,

남녀 교합을 알지 못하지만 고추가 일어남은

정기가 지극하기 때문이지

종일 울어도 목이 쉬지 않는 것은 완전한 조화를 유지하기 때문
이네

조화는 불변의 원리이고, 불변의 원리를 아는 것이 명철이라네

삶을 늘리려는 것을 괴이하다 하고, 마음이 기를 부리는 것을
억세다 하네

사물이 강성해지면 곧 쇠락하는 것이니,

이는 도를 따르지 않기 때문이지 도를 따르지 않으면 일찍 끝난
다네

\\\\

아기야

너의 뽀송한 그 얼굴에

세상을 품을 사랑이 있었구나

어떤 욕심도 내지 않는 무위가 말이지

노자, 그 느낌을 노래하다

아기야

배고파서 우는 너의 울음에

세상을 깨우치는 지혜가 있었구나

있는 그대로의 자연이 말이지

아기야

걷지 못하는 너의 연약한 팔다리에

세상을 이끌 힘이 있었구나

혼자가 아닌 함께를 이끌어 내는 힘 말이지

56장

玄同

현동, 그 신비로움

知者不言 言者不知 (지자불언 언자부지)

塞其兌 閉其門 (새기태 폐기문)

挫其銳 解其分 (좌기예 해기분)

和其光 同其塵 (화기광 동기진)

是謂玄同 (시위현동)

故不可得而親 不可得而疏 (고불가득이친 불가득이소)

不可得而利 不可得而害 (불가득이리 불가득이해)

不可得而貴 不可得而賤 (불가득이귀 불가득이천)

故爲天下貴 (고위천하귀)

아는 사람은 말하지 않고, 말하는 사람은 알지 못하네

그 입을 닫고, 그 눈과 귀를 닫아

그 날카로움을 꺾고, 그 구분을 없이하여

노자, 그 느낌을 노래하다

그 빛이 조화로워져서, 티끌과 같아지는 것을
일컬어 현동(신비로운 같아짐)이라 하네

그러므로 친하지도 않고, 소원하지도 않고
이득을 취하지도 않고, 손해를 끼치지도 않으며
귀하게 대하지도 않고, 천하게 대하지도 않네

이리하여 천하에서 존귀하게 된다네

\\\\

입과 눈과 귀를 닫아
날카로움을 꺾고, 그 구분을 없이 하여 이루게 되는
현동

신비로운 같아짐
현묘하게 하나됨

"옳고 그름의 생각 너머에 들판이 있다,
나는 거기서 당신을 만나고 싶다"

라고 썼던 시인 루미의 문장이 떠오릅니다

선악을 구별할 수 있게 되는 선악과를
따 먹지 말라 했던 성경 말씀도 떠오릅니다

　　　　　　　　노자, 그 느낌을 노래하다

57장

吾何以知其然哉?

사람이 어디서 와서 어디로 가는지 안다면

以正治國 (이정치국)

以奇用兵 (이기용병)

以無事取天下 (이무사취천하)

吾何以知其然哉? 以此 (오하이지기연고? 이차)

天下多忌諱 而民彌叛 (천하다기휘 이민미반)

民多利器 國家滋昏 (민다이기국가자혼)

人多智 奇物滋起 (인다지 기물자기)

法物滋彰 盜賊多有 (법물자창 도적다유)

故聖人云 (고성인운)

我無爲而民自化 (아무위이민자화)

我好靜而民自正 (아호정이민자정)

我無事而民自富 (아무사이민자부)

我無欲而民自樸 (아무욕이민자박)

정도로 나라를 다스리고,

계책으로 군대를 움직이며,

무사로 천하를 얻네

내가 어떻게 그러함을 알겠는가? 바로 다음에 의해서라네

세상에 금기가 많을수록, 백성들은 점점 등을 돌리고

백성에게 편리한 도구가 많을수록, 국가는 혼란해지며

사람들에게 기교가 많을수록, 기이한 물건이 생겨나고

진기한 물건이 많을수록, 도적이 많아진다네

그러므로 성인은 말하네

내가 무위하면 백성은 저절로 교화되고

내가 고요하면 백성은 저절로 바르게 되며,

내가 무사하면 백성은 저절로 부유해지고,

내가 무욕하면 백성은 저절로 순박해진다고

\\\\

나라를 다스리는 사람의 무위 · 고요 · 무사 · 무욕이

평화로운 세상을 만드는 것처럼

부모의 무위는 자녀를 스스로 변화하게 하고

부모의 고요가 자녀를 평안하고 바르게 하며

노자, 그 느낌을 노래하다

부모의 무사가 자녀를 여유롭게 하고
부모의 무욕이 자녀를 아름답게 자라게 하겠지요

학교에서 교사의 무위 · 고요 · 무사 · 무욕은
학생들을 스스로 바르게, 평안하게, 홍익인간으로
자라게 하겠지요

무위, 고요, 무사, 무욕은
어떻게 가지게 될까요

사람이 어디서 와서, 어디로 가는지 안다면,
사람이 어떤 존재인지 안다면,
산다는 것이 무엇인지 안다면,
이에 가까워지지 않을까요

58장

孰知其極 其無正

흐르는 물이나 보세

其政悶悶 其民淳淳 (기정민민 기민순순)
其政察察 其民缺缺 (기정찰찰 기민결결)

禍兮 福之所倚 (화혜 복지소의)
福兮 禍之所伏 (복혜 화지소복)

孰知其極 其無正 (숙지기극 기무정)
正復爲奇 善復爲妖 (정복위기 선복위요)
人之迷 其日固久 (인지미 기일고구)

是以聖人方而不割 (시이성인방이불할)
廉而不劌 直而不肆 光而不燿 (염이불귀 직이불사 광이불요)

그 정치가 어눌하면, 그 백성은 순박해지고
그 정치가 세밀하면, 그 백성은 교활해진다네

화는 복이 의지해 있는 곳이고,
복은 화가 바탕에 깔려 있는 곳이네

누가 궁극을 알겠는가? 정해져 있는 것은 없네
바른 것이 기이한 것이 되고, 좋은 것이 요상한 것이 되네
사람은 이를 모르고, 미혹된 지 오래라네

이러므로 성인은 방정하되 구별하지는 않네
청렴하되 비판하지 않고, 바르되 거만하지 않으며, 빛나되 빛
을 드러내지 않네

\\\\\

돌고 도는 것이 자연이라네
이리저리 흐르는 것이 인생이라네

무엇을 구별한단 말인가
막걸리 한 사발씩 나눠 마시며
흐르는 물이나 보세

정해져 있는 것이 없는데
누가 궁극을 알겠는가

차 한잔 나누며
구름이나 보세

노자, 그 느낌을 노래하다

59장

嗇

사람을 아끼는 마음

治人事天莫若嗇 (치인사천막약색)

夫唯嗇 是以早服 (부유색 시이조복)

早服謂之重積德 (조복위지중적덕)

重積德則無不克 (중적덕즉무불극)

無不克則莫知其極 (무불극즉막지기극)

莫知其極 可以有國 (막지기극 가이유국)

有國之母 可以長 (유국지모 가이장)

是謂深根固柢 長生久視之道 (시위심근고저 장생구시지도)

사람을 다스리고 하늘을 섬기는 데는 '소중하게 아낌'만 한 것이 없네

'소중하게 아낌'을 유지하는 것은 일찍 도를 따른다는 것이네

일찍 도를 따른다는 것은 끝없이 덕을 쌓는다는 말이네

덕을 끝없이 쌓게 되면 이루어 내지 못할 것이 없네

이루어 내지 못할 것이 없다는 것은 그 한계를 모른다는 것이지

한계를 모르는 무한한 능력으로 나라를 얻을 수 있게 되네
나라를 소유하는 근본 원칙이 있으면 오래 유지할 수 있으니
이를 뿌리가 깊고 튼튼하게 하며, 장구하게 하는 도(道)라고
하네

\\\\

사람을 아끼는 마음
사람을 소중하게 여기는 마음
이것이 도를 따르는 처음이랍니다

나를 아끼는 마음
너를 소중히 여기는 마음
이것이 모든 것의 바탕이랍니다

　　　　　　　　　노자, 그 느낌을 노래하다

60장

若烹小鮮

기다림과 관심

治大國 若烹小鮮 (치대국 약팽소선)

以道莅天下 其鬼不神 (이도리천하 기귀불신)

非其鬼不神 其神不傷人 (비기귀불신 기신불상인)

非其神不傷人 聖人亦不傷人 (비기신불상인 성인역불상인)

夫兩不相傷 故德交歸焉 (부양불상상 고덕교귀언)

큰 나라를 다스릴 때는 작은 생선을 굽듯이 한다네

도로써 천하를 다스리면, 귀신도 신기를 부리지 못하네

귀신이 신기를 부리지 못하니, 그 신기로 사람을 해칠 수 없네

그 귀신이 사람을 해칠 수 없으면, 성인 역시 사람을 해칠 수
없네

양쪽 모두 해치지 않으니, 덕이 서로에게 돌아간다네

\\\\\

작은 생선을 구울 때는 적당히 익을 때까지
건드리지 말고 기다려야 합니다
작은 생선은 바로 탈 수 있기 때문에
잘 보고 있어야 됩니다
적당한 기다림과
끊임없는 관심이 필요하지요

아이를 키울 때도
자신이 결정하고 선택하도록 기다려 주고
요청할 때, 언제나 도울 수 있다는 메시지로,
아이가 안정감을 가질 수 있도록
기다림과 관심이 필요하지요

큰 나라를 다스리는 것과
아이를 키우는 것이 비슷한가 봐요

　　　　　　　　　　　노자, 그 느낌을 노래하다

61장

故宜爲下

낮은 자리

大國者下流也 (대국자하류야)

天下之牝 天下之交也 (천하지빈 천하지교야)

牝常以靜勝牡 爲其靜也 (빈상이정승모 위기정야)

故宜爲下 (고의위하)

故大國以下小國 則取小國 (고대국이하소국 즉취소국)

小國以下大國 則取於大國 (소국이하대국 즉취어대국)

故或下以取 或下而取 (고혹하이취 혹하이취)

大國不過欲兼畜人 (대국불과욕겸축인)

小國不過欲入事人 (소국불과욕입사인)

夫兩者各得其所欲 (부양자각득기소욕)

大者宜爲下 (대자의위하)

큰 나라는 흐르는 물과 같아야 하네

천하를 품는 암컷이 되어, 천하가 흘러 모여드는 곳 말이네
암컷은 항상 고요함으로 수컷을 이기는 그 고요한 성정으로
반드시 아래에 처한다네

큰 나라가 작은 나라의 아래에 처하므로 작은 나라를 얻게 되네
작은 나라가 큰 나라의 아래에 처하므로, 큰 나라의 보호를 얻
게 되네
그러므로 혹은 낮춤으로 나라를 얻고, 혹은 낮춤으로 보호를
얻네

큰 나라는 욕심내지 않고 포용하여 사람들을 아껴 줄 뿐이고
작은 나라는 욕심내지 않고 들어가 사람들을 섬기려 할 뿐이니
무릇 아래에 처하면 양쪽 모두 그 바라는 바를 얻게 된다네
중요한 것은 자신을 낮춰야 한다는 것이네

\\\\\

안전한 곳, 낮은 자리
더 이상 내려가지 않아도 되네

평화로운 곳, 낮은 자리

다툼이 없는 곳이라네

아름다운 곳, 낮은 자리

키 작은 꽃들과 속삭일 수 있는 곳이지

62장

萬物之娛
만물의 보금자리

道者 萬物之奧 (도자 만물지오)

善人之寶 不善人之所保 (선인지보 불선인지소보)

美言可以市 (미언가이시)

尊行可以加人 (존행가이가인)

人之不善 何棄之有 (인지불선 하기지유)

故立天子 置三公 (고립천자 치삼공)

雖有拱璧以先駟馬 (수유공벽이선사마)

不如坐進此道 (불여좌진차도)

古之所以貴此道者何 (고지소이귀차도자하)

不曰以求得 有罪以免邪 (불왈이구득 유죄이면사)

故爲天下貴 (고위천하귀)

도는 만물이 의지하는 것이라네

선한 사람의 보배이며, 선하지 않은 사람의 피난처라네

번지르르한 말은 시장에서 쓰일 수 있고

존엄해 보이는 행위는 사람을 불러 모을 수 있네

선하지 않은 사람이라고 어찌 그를 포기하겠는가?

그러므로 천자를 옹립하고 삼공을 세우는데,

비록 보옥을 앞세우고 사두마차를 뒤따르게 하더라도

가만히 앉아서 도를 바치는 것만 못하다네

예로부터 도를 귀하게 여긴 이유가 무엇인가?

이를 통해 구하는 모든 것을 얻고, 죄가 있어도 면해지기 때문

아니겠는가?

그러므로 천하의 귀한 것이라네

\\\\

스무고개 들어갑니다

만물의 보금자리

선한 사람의 보배

선하지 않은 사람의 피난처

구하는 모든 것을 얻을 수 있는 것

죄가 있어도 면해지는 것

모든 것을 품는 것

아래로 흐르는 것

약하고 부드러운 것

이름이 없는 것

물과 같은 것

어린아이와 같은 것

보일 듯 보이지 않는 것

되돌아오는 것

아낌(소중히 여김)

지족 지지

무위

무욕

텅 빔

근원

천하의 귀한 것

63장

圖難於其易

쉬운 것부터

爲無爲 (위무위)

事無事 (사무사)

味無味 (미무미)

大小多少 (대소다소)

報怨以德 (보원이덕)

圖難於其易 (도난어기이)

爲大於其細 (위대어기세)

天下難事 必作於易 (천하난사 필작어이)

天下大事 必作於細 (천하대사 필작어세)

是以聖人終不爲大 (시이성인종불위대)

故能成其大 (고능성기대)

夫輕諾必寡信 (부경락필과신)

多易必多難 (다이필다난)

是以聖人猶難之 (시이성인유난지)

故終無難矣 (고종무난의)

무위로 행하고,

일이 없도록 일하고,

맛이 없는 것을 맛보게나

작은 것을 크게 보고, 적은 것을 많게 보며,

원한을 덕으로 갚아 보게

어려운 일을 할 때는 쉬운 것부터 하고,

작은 것을 하여 큰 것이 이루어지게 하게

세상의 어려운 일은 반드시 쉬운 일에서부터 시작되고,

세상의 큰일은 반드시 작은 일에서부터 일어나네

이러므로 성인은 일을 크게 벌이지 않는다네

그래서 결국 큰일을 이룰 수 있게 되네

대개 쉽게 하는 허락은 믿음이 부족하고,

노자, 그 느낌을 노래하다

일을 너무 쉽게 보면 반드시 어려움이 따른다네
이러므로 성인은 오히려 모든 일을 어렵게 대하네
그래서 종국에 어려움이 없게 된다네

\\\\

쉬운 것부터
작은 것부터

한 걸음씩

쉽게 보지 않고
시작해 보겠어요

64장

不貴難得之貨

정말 귀한 것들은

其安易持 其未兆易謀 (기안이지 기미조이모)

其脆易泮 其微易散 (기취이반 기미이산)

爲之於未有 治之於未亂 (위지어미유 치지어미란)

合抱之木 生於毫末 (합포지목 생어호말)

九層之臺 起於累土 (구층지대 기어누사)

千里之行 始於足下 (천리지행 시어족하)

爲者敗之 執者失之 (위자패지 집자실지)

是以聖人無爲故無敗 (시이성인무위고무패)

無執故無失 (무집고무실)

民之從事 常於幾成而敗之 (민지종사 상어기성이패지)

愼終如始 則無敗事 (신종여시 즉무패사)

是以聖人欲不欲 (시이성인욕불욕)

不貴難得之貨 (불귀난득지화)

學不學 復衆人之所過 (학불학 복중인지소과)

以輔萬物之自然 而不敢爲 (이보만물지자연 이불감위)

안정되었을 때 유지하기가 쉽고, 아직 조짐이 없을 때 처리하기가 쉽네

연약할 때 부수기 쉽고, 미세할 때 흐트러뜨리기 쉽네

아직 일이 생기기 전에 처리해야 하고, 혼란해지기 전에 다스려야 하네

아름드리나무도 작은 새싹에서 생겨나고,

구 층 누대도 한 줌 흙을 쌓는 데서부터 올라가네

천 리 길도 한 걸음부터 시작한다네

억지로 도모하면 실패하고, 억지로 잡고자 하면 놓치게 되네

그러므로 성인은 억지로 하지 않으므로 실패하지 않고,

억지로 잡지 않으므로 놓치지 않네

사람들이 일하는 것을 보면, 일의 완성 단계에서 실패하게 되네

처음 시작할 때처럼 신중하게 끝을 맺으면 실패하는 일이 없을 것이네

그러므로 성인은 욕망하지 않기를 욕망하고,
얻기 어려운 재화를 귀히 여기지 않네
배우지 않는 것을 배워서, 사람들의 허물을 회복시키네
이로써 만물의 저절로 그러함을 도울 뿐, 감히 억지로 도모하
지 않네

\\\\

'일이 생기기 전에 처리'
'천 리 길도 한 걸음부터'
'억지로 하지 않고 집착하지 않기'
'초심을 잃지 않기'
'얻기 어려운 재화를 귀히 여기지 않기'

새겨야 할 구절들이 많습니다
그중에서 오늘은
'얻기 어려운 재화를 귀히 여기지 않기'에 마음이 머뭅니다

얻기 어려운 재화들은

실제로 꼭 필요한 경우가 드뭅니다

삶에 꼭 필요한 것들은

흔하고 쉽게 구할 수 있는 것들입니다

보석, 명품 옷, 비싼 차, 좋은 집과

물, 공기, 빛, 일용할 양식 중에

우리에게 없으면 살 수 없는 꼭 필요한 것이 무엇일까요?

정말 귀한 것들은 얻기 쉬운 것들입니다

쉽게 얻을 수 있으니 귀한 줄 모르고 사는 것 같습니다

65장

將以愚之

어리숙한 나라

古之善爲道者 非以明民 將以愚之 (고지선위도자 비이명민 장이우지)

民之難治 以其智多 (민지난치 이기지다)

故以智治國 國之賊 (고이지치국 국지적)

不以智治國 國之福 (불이지치국 국지복)

知此兩者亦稽式 (지차양자역계식)

常知稽式 是謂玄德 (상지계식 시위현덕)

玄德 深矣 遠矣 與物反矣 (현덕 심의 원의 여물반의)

然後乃至大順 (연후내지대순)

예로부터 도를 잘 따르는 사람은 백성들을 명민하게 하지 않고, 우직하게 했네

백성들을 다스리기 어려운 것은 그 지혜가 많기 때문이네

그러므로 지혜로 나라를 다스리는 것은 나라에 적이 되네

지혜로 나라를 다스리지 않는 것이 나라에 복이 되네

노자, 그 느낌을 노래하다

이 두 가지를 아는 것이 정도를 헤아릴 줄 아는 것이네
언제나 정도를 헤아릴 줄 아는 것을 현덕이라 하네
현덕은 깊고 멀고 만물과 함께 되돌아오네
그런 후에야 비로소 지극히 큰 편안함에 이르게 되네

\\\\

지혜로운 다스림이 무엇이고, 왜 나라에 해가 되며,
왜 백성들을 명민하게 하지 않고, 우직하게 해야 하는지
이해하는 데 한참 걸렸습니다

지혜로운 다스림이란,
경제성장과 나라의 이익을 위한
정책과 사업을 말하는 게 아닐까요?

예를 들면, 4대강 사업이나
원자력 정책 등을 꼽을 수 있겠지요
우선은 경제적 이익이 될 수도 있겠지만,
환경과 자연을 생각한다면,
그리고 멀리 지구를 생각한다면 아쉬움이 많지요

德(덕) —— 마음 바탕에 고요와 기쁨이

그러니까, 지혜로 다스리는 쪽은

경제적 이익을 선택하게 되고

지혜로 다스리지 않는 쪽은

마음의 풍요, 평화를 선택하게 되는 것이지요

그러니 이를 헤아려 아는 것을,

깊고 멀리, 만물과 함께 되돌아오는 현덕이라 하겠지요

지혜로 다스리는 백성은 경쟁의 세계에 살게 되고,

부동산, 주식 등 더 가지기 위해,

앞서기 위해 뛰게 되겠지요

성숙보다는 성장만을 향하여 달리는 국민이 되니,

해가 된다고 했겠지요

그 옛날 노자 도인의 말이

현대에도 잘 맞는 것이 참 신기해요

2500년 전, 그때는 수렵사회나 농경사회였을 텐데요

어리숙한 나라,

가난해도 평화로운 나라,

노자, 그 느낌을 노래하다

마음이 풍요로운 나라,

자연과 어울려 사는 나라를 그려 봅니다

+

노자 도인! 질문 있어요

침략해 오는 나라가 있을 경우,

나라를 지킬 지혜가 필요하지 않나요?

평화를 지키는 지혜요

덧) 68장에서 바로 답을 주셨어요

66장

以其善下之

그것이 진리이니까요

江海所以能爲百谷王者 (강해소이능위백곡왕자)

以其善下之 (이기선하지)

故能爲百谷王 (고능위백곡왕)

是以聖人欲上民 必以言下之 (시이성인욕상민 필이언하지)

欲先民 必以身後之 (욕선민 필이신후지)

是以聖人處上而民不重 (시이성인처상이민부중)

處前而民不害 (처전이민불해)

是以天下樂推而不厭 (시이천하락추이불염)

以其不爭 故天下莫能與之爭 (이기부쟁 고천하막능여지쟁)

강과 바다는 모든 계곡의 왕이 된다네

이는 모든 계곡의 아래에 있기 때문이지

노자, 그 느낌을 노래하다

그러므로 능히 모든 계곡의 왕이 되는 것이네

이런 이유로 성인이 윗자리에 있고자 하면 반드시 자신을 낮추어야 하네
사람들 앞에 서고자 하면, 반드시 자신을 뒤에 두어야 하네

이 때문에 성인이 윗자리에 있어도 백성들이 부담스러워하지 않고
앞에 있어도 백성들에게 해가 되지 않네

이래서 천하가 그를 즐거이 추앙하고, 싫증을 내지 않는다네
그가 다투지 않으므로, 천하는 그와 다툴 수 없네

\\\\

"왕이 되고 싶지 않다니까요
천하의 추앙을 받고 싶지도 않고요
성인이 될 수도 없다고요"

"낮아져라

뒤에 있어라
모두를 품어라"

시종일관 낮은 자리, 겸양을 얘기하시니
오늘은 갑자기 심술이 올라옵니다
따라갈 수 없는 진리를 자꾸 들으니까
반항하고 싶어지나 봐요

급, 고개 숙입니다
그것이 자연이니까요
그것이 진리이니까요
자연스러운 것이 평화를 주고
진리가 자유를 줄 테니까요

노자, 그 느낌을 노래하다

67장

一曰慈

사랑이 첫 번째지요

天下皆謂我道大 似不肖 (천하개위아도대 사불초)

夫唯大 故似不肖 (부유대 고사불초)

若肖久矣 其細也夫 (약초구의 기세야부)

我有三寶 持而保之 (아유삼보 지이보지)

一曰慈 (일왈자)

二曰儉 (이왈검)

三曰不敢爲 天下先 (삼왈불감위천하선)

慈故能勇 儉故能廣 (자고능용 검고능광)

不敢爲天下先 故能成器長 (불감위천하선 고능성기장)

今舍慈且勇 (금사자차용)

舍儉且廣 (사검차광)

舍後且先 死矣 (사후차선 사의)

夫慈以戰則勝 以守則固 (부자이전즉승 이수즉고)
天將救之 以慈衛之 (천장구지 이자위지)

온 세상이 모두 나의 도는 크지만, 어떤 것과도 비슷하지 않다
고 말하네
나의 도는 정말 크다네 그래서 비슷해 보이지 않네
만약 비슷하다면 이미 오래전에 별 볼 일 없이 되었을 것이네

나에게는 세 가지 보물이 있는데 그것을 잘 지키고 보존하네
첫째는 자애로움이고
둘째는 검소함이며
셋째는 감히 세상에서 앞으로 나서지 않는다는 것이네

자애를 가져서 용기를 낼 수 있고, 검소하기 때문에 넉넉해질
수 있네
감히 세상에서 앞으로 나서지 않기 때문에 세상의 지도자가 될
수 있네

요즘 사람들은 자애를 버리고 용맹을 추구하고,
검소함을 버리고 넉넉함을 추구하며,
뒤를 버리고 앞에 서려고 하는데 이것은 죽음의 길이라네

무릇 자애를 가지고 싸우면 승리하고, 자애를 가지고 지키면
견고하네
하늘이 장차 누군가를 구하려 한다면, 자애로움이 그를 지켜
줄 것이네

\\\\\

一曰慈!
얼마나 반가운 단어인지요!

지금까지 노자를 읽어 오면서,
노자에는 여러 귀중한 가치들이 들어 있는데,
아쉽게도 자애, 사랑이 눈에 안 띄어서 섭섭했습니다

59장에, 아낌, 소중히 여김에 대한 말 외엔
찾아보기 어려웠습니다

81장을 다 읽을 때까지,
사랑에 관한 말이 없으면 어쩌지 하며 읽던 차에,
노자 도인이 보물로 생각하며 지키는
첫 번째가 '자애'라고요!

역시나! 마음이 환해졌습니다
그럼요, 자애, 사랑이 첫 번째지요
저도 그래요

노자, 그 느낌을 노래하다

68장

不爭之德

바로 답을 주시는군요

善爲士者 不武 (선위사자 불무)

善戰者 不怒 (선저자 불노)

善勝敵者 不與 (선승적자 불여)

善用人者 爲之下 (선용인자 위지하)

是謂不爭之德 (시위부쟁지덕)

是謂用人之力 (시위용인지력)

是謂配天 古之極 (시위배천고지극)

훌륭한 무사는 무용을 드러내지 않고

잘 싸우는 사람은 분노하지 않고

적에게 잘 승리하는 사람은 적과 맞붙지 않고

사람을 잘 부리는 사람은 지기를 낮추네

이것을 일러 싸우지 않는 덕이라 하고

이것을 일러 사람 부리는 힘이라 하고

이것을 일러 하늘과 짝한다 하고, 예로부터의 지극한 도라네

\\\\

제가 65장에서 노자 도인께 질문을 드렸는데요

바로 답을 주시는군요

지혜와 경쟁이 아닌 우직과 평화의 나라에서

침략해 오는 자들로부터

나라를 지킬 지혜를 물었는데요

'무용을 드러내지 않고'

'분노하지 않고'

'적과 맞붙지 않고'

'자기를 낮춤으로'

하라고 말씀하시네요

역시, 강함이 아니라

부드러움으로 하라는 말씀이시군요

　　　　　　　　　　　노자, 그 느낌을 노래하다

인도의 마하트마 간디가 영국에 저항할 때

사용했던 방법 같은 건가요?

비폭력과 무저항으로

종내는 독립을 얻어 냈던 방법이요

69장

哀者勝矣

사람을 아끼는 마음

用兵有言 (용병유언)

吾不敢爲主 而爲客 (오불감위주 이위객)

不敢進寸 而退尺 (불감진촌 이퇴척)

是謂行無行 攘無臂 (시위행무행 양무비)

扔無敵 執無兵 (잉무적 집무병)

禍莫大於輕敵 (화막대어경적)

輕敵幾喪吾寶 (경적기상오보)

故抗兵相加 (고항병상가)

哀者勝矣 (애자승의)

용병술에는 이런 말이 있네

나는 감히 전투의 주체가 되지 않고 객체가 되겠네

일 촌(약 3cm) 앞으로 나아가지 않고, 일 척(약 30cm) 뒤로 물
러나겠네

이것을 일러 행군해 나가도 적의 행렬이 없고, 마주 휘두를 팔이 없다 하네

싸우려 해도 적이 없고, 잡으려 해도 병사가 없다 하네

적을 경시하는 것보다 큰 화는 없네

적을 경시하여 공격하면 나의 보배(병사)를 잃게 되네

그러므로 군대가 대항하여 싸을 때는

병사 잃음을 애통해하는 자가 승리하게 되네

\\\\

사람을 아끼는 마음,

사람을 중시하는 마음이 느껴집니다

무모하게

승리를 위해 나아가지 않는

덕장의 모습이 그려집니다

사람을 중시했다면

베트남 전쟁, 걸프 전쟁, 러시아 우크라이나 전쟁…

德(덕) ── 마음 바탕에 고요와 기쁨이   217

전쟁이 없었을 것입니다

무식한 지도자들의 판단 착오와 영웅심이
애꿎은 많은 사람들의 희생을 불러옵니다

전쟁을 반대합니다
사람이 먼저입니다

노자, 그 느낌을 노래하다

70장

被褐懷玉

모습이 보잘것없더라도

吾言甚易知 甚易行 (오언심이지 심이행)

天下莫能知 莫能行 (천하막능지 막능행)

言有宗 事有君 (언유종 사유군)

夫唯無知 是以不我知 (부유무지 시이부아지)

知我者希 則我者貴 (지아자희 즉아자귀)

是以聖人被褐懷玉 (시이성인피갈회옥)

나의 말은 매우 쉽고, 행하기도 쉽지만,

세상 사람들은 능히 알지 못하고, 능히 행하지도 못하네

말에는 근본이 있고, 일에는 주인이 있는데,

대체로 사람들은 이를 알지 못하니, 나를 아는 자가 없다네

나를 아는 자가 드무니, 나는 귀하게 되네

이 때문에 성인은 허름한 베옷을 입고 옥을 품고 있는 것이네

\\\\

모습이 보잘것없더라도
마음에 자애가 있다면 아름답겠지요

생활이 어렵더라도
마음에 평화가 있다면 웃을 수 있겠지요

비록 세상에서 유약한 존재이지만
그 안에 하나님이 계시다면 흔들림 없겠지요

노자, 그 느낌을 노래하다

71장

不知知病

좋아서 노래할 뿐이라네

知不知上 (지부지상)

不知知病 (부지지병)

夫唯病病 是以不病 (부유병병시이불병)

聖人不病 以其病病 (성인불병이기병병)

是以不病 (시이불병)

아는 게 있어도 앎으로 여기지 않는 게 으뜸이고,

모르면서 아는 체하는 게 병이네

무릇 병을 병으로 알면 병이 되지 않는다네

성인은 병이 없는데, 병을 병으로 알기 때문이라네

이 때문에 병이 되지 않는다네

\\\\\

아는 체하는 게 병이라네

알아도 앎으로 여기지 않는 게 으뜸이라네

어찌할거나

나는 노자를 모른다네

그저 한 구절 들리면

좋아서 노래할 뿐이라네

72장

自愛不自貴

자신을 소중히 여기지만

民不畏威 則大威至 (민불외위 즉대위지)

無狎其所居 無厭其所生 (무압기소거 무염기소생)

夫唯不厭 是以不厭 (부유불염 시이불염)

是以聖人自知不自見 (시이성인자지부자견)

自愛不自貴 (자애부자귀)

故去彼取此 (고거피취차)

백성이 위엄을 두려워하지 않아야, 큰 위엄이 이루어지네

백성의 터전을 폐하지 말고, 그들의 삶을 억압하지 말아야 하네

무릇 억압하지 않으면 싫어하지 않는다네

이래서 성인은 스스로를 잘 알고, 스스로 드러내지 않네

자신을 아끼지만 스스로 귀하게 여기지 않네

그러므로 저것을 버리고, 이것을 취하게 되네

\\\\

힘으로 위엄을 세우지 않고
먼저 섬김으로 자연스런 위엄을 얻는다네

자신을 돌아보아 잘 알면서
스스로 드러내려 하지 않는다네

자신을 소중히 여기지만
스스로 귀하게 여기지 않는다네

노자, 그 느낌을 노래하다

73장

不召而自來

부르지 않아도 저절로 오고

勇於敢卽殺 勇於不敢則活 (용어감즉살 용어불감즉활)

此兩者 或利或害 (차양자 혹리혹해)

天之所惡 孰知其故 (천지소오 숙지기고)

是以聖人猶難之 (시이성인유난지)

天之道 (천지도)

不爭而善勝 不言而善應 (부쟁이선승 불언이선응)

不召而自來 繟然而善謀 (부소이자래 천연이선모)

天網恢恢 疏而不失 (천망회회 소이부실)

억지로 하는 데 용감하면 죽고, 억지로 하지 않는 데 용감하면 사네

이 둘 중, 어느 것은 이롭고 어느 것은 해롭네

하늘이 싫어하는 것에 대해, 누가 그 이유를 알겠는가

이 때문에 성인도 오히려 어렵게 여긴다네

하늘의 도는

다투지 않고도 잘 이기고, 말하지 않고도 잘 응답하네

부르지 않아도 저절로 오고, 느슨한 듯하지만 잘 도모하네

하늘의 그물은 넓고 넓어, 성긴 듯하지만 놓치지 않네

\\\\

해가 뜨고 해가 지고

봄, 여름, 가을, 겨울이

부르지 않아도 저절로 오고,

초목들이 자라고 꽃피우고 열매를 맺습니다

아무 계획 없어 보이는 것들이

때를 따라 잘도 자랍니다

하늘의 도, 자연의 섭리는 오묘합니다

하늘의 그물은 성긴 듯하지만 놓치지 않는답니다

노자, 그 느낌을 노래하다

74장

常有司殺者殺

사람의 자리

民不畏死 (민불외사)

奈何以死懼之 (내하이사구지)

若使民常畏死 (약사민상외사)

而爲奇者 吾得執而殺之 (이위기자 오득집이살지)

孰敢 (숙감)

常有司殺者殺 (상유사살자살)

夫代司殺者殺 (부대사살자살)

是謂代大匠斲 (시위대대장착)

夫代大匠斲者 (부대대장착자)

希有不傷其手矣 (희유불상기수의)

백성들이 죽음을 두려워하지 않으면,

어찌 죽인다는 것으로 그들을 두렵게 할 수 있겠는가

만약 백성들로 하여금 죽음을 두려워하게 한다면
이상한 짓 하는 사람을 잡아 죽인다고 할 때,
누가 감히 그런 짓을 하겠는가

항상 죽이는 일을 관장하는 이가 죽이는데
죽이는 일을 관장하는 이를 대신하여 죽이는 것은
목수를 대신해 나무를 베는 것과 같으니
대저 목수를 대신해 나무를 베는 자는
그 손을 다치지 않는 경우가 드물다네

\\\\

자리
나의 자리, 엄마의 자리, 아내의 자리,
사람의 자리가 있습니다

사람을 죽이는 일은
사람을 해치는 일은
사람의 일이 아니랍니다

노자, 그 느낌을 노래하다

신의 영역

자연의 영역

그곳을 침범하면 다치게 됩니다

75장

夫唯無以生爲者

바람처럼 구름처럼 살라 하네

民之饑 以其上食稅之多 (민지기 이기상식세지다)

是以饑 (시이기)

民之難治 以其上之有爲 (민지난치 이기상지유위)

是以難治 (시이난치)

民之輕死 以其上求生之厚 (민지경사 이기상구생지후)

是以輕死 (시이경사)

夫唯無以生爲者 (부유무이생위자)

是賢於貴生 (시현어귀생)

백성이 굶주리는 것은, 먹는 것보다 세금이 많기 때문이네

그래서 굶주리네

백성들이 다스림을 힘들어하는 것은, 통치자가 뭔가를 하려 하기 때문이네

그래서 다스림을 힘들어하네

백성들이 죽음을 가볍게 여기는 것은, 통치자가 지나치게 잘살

려고 하기 때문이네

그러니 죽음을 쉽게 생각하네

무릇 오직 살아서 무엇이 되고자 하는 이유가 없는 것이

삶을 귀하게 여기는 것보다 현명하네

\\\\

바람처럼 살라 하네

그저 지나가는 세상

잡을 것이 무어란 말인가

구름처럼 살라 하네

변하고 변하는 세상

이룰 것이 무어란 말인가

흐르는 물처럼 살라 하네

돌고 도는 세상

내 것이 무어란 말인가

76장

柔弱處上

약하고 부드러운 것이

人之生也柔弱 (인지생야유약)

其死也堅强 (기사야견강)

萬物草木之生也柔脆 (만물초목지생야유취)

其死也枯槁 (기사야고고)

故堅强者死之徒 (고견강자사지도)

柔弱者生之徒 (유약자생지도)

是以兵强則滅 (시이병강즉멸)

木强則折 (목강즉절)

强大處下 (강대처하)

柔弱處上 (유약처상)

사람이 살아 있으면 부드럽고 약하지만,

죽으면 굳고 단단해지네

만물과 초목이 살아 있으면 부드럽고 약하지만,

죽으면 마르고 딱딱해지네

그러므로 딱딱하고 강한 것은 죽어 있는 무리이며,

부드럽고 약한 것은 살아 있는 무리라네

이래서 군대도 강하면 멸하고,

나무도 강하면 부러지네

강하고 큰 것은 아래에 처하고,

부드럽고 약한 것은 위에 처하네

\\\\\

테니스를 칠 때,

힘을 빼고 스윙을 하면 실수가 적고,

힘이 들어가면 공이 정확히 맞지 않고,

오히려 파워도 약하지요

德(덕) —— 마음 바탕에 고요와 기쁨이

부드러운 것이 좋을 때가 많아요

거센 바람이 불 때, 먼저 눕는 풀을 보았나요?
꺾이지 않아 곧 다시 일어나지요

약하고 부드러운 것이
살아 있음의 표징이라네요

약하고 부드러운 것이
강하고 큰 것보다 위에 있다네요

노자, 그 느낌을 노래하다

77장

天之道

보이지 않으나 존재하는

天之道 其猶張弓與 (천지도 기유장궁여)

高者抑之 下者擧之 (고자억지 하자거지)

有餘者損之 不足者補之 (유여자손지 부족자보지)

天之道 損有餘而補不足 (천지도 손유여이보부족)

人之道 則不然 (인지도 즉불연)

損不足以奉有餘 (손부족이봉유여)

孰能有餘以奉天下 (숙능유여이봉천하)

唯有道者 (유유도자)

是以聖人爲而弗有 (시이성인위이불유)

功成而弗居 (공성이불거)

其不欲見賢 (기불욕견현)

하늘의 도는 시위를 걸어 놓은 활 같도다

높은 것은 아래로 누르고, 낮은 것은 위로 들어 올리네
남는 것은 덜어 내고 부족한 것은 채우네

하늘의 도는 남는 것을 덜어서 부족한 것을 채우는데,
사람의 도는 그렇지 않다네
부족한 것에서 덜어 내어 여유 있는 쪽을 봉양하네

누가 능히 남는 것을 가지고 천하에 봉양하겠는가?
오직 도를 체득한 사람만이 가능하네
이런 이유로 성인은 무엇을 하고도 그것을 소유하지 않으며,
공을 이루어도 거기에 거하지 않네
그것은 자신의 현명함을 드러내지 않으려 함이네

\\\\\

보이지 않으나 존재하는
사랑으로 세상 만물을 감싸 안고도
자신을 드러내지 않는
자애로운 분을 느낍니다

노자, 그 느낌을 노래하다

78장

弱之勝强 柔之勝剛

약해도 괜찮고

天下莫柔弱於水 (천하막유약어수)

而攻堅强者莫之能勝 (이공견강자막지능승)

以其無以易之 (이기무이역지)

弱之勝强 柔之勝剛 (약지승강 유지승강)

天下莫弗知 莫能行 (천하막불지 막능행)

是以聖人云 (시이성인운)

受國之垢 是謂社稷主 (수국지구 시위사직주)

受國之弗祥 是謂天下王 (수국지불상 시위천하왕)

正言若反 (정언약반)

천하에 물보다 부드럽고 약한 것이 없지만,

견고하고 강한 것을 공격하는데 물을 이길 것은 없네

그것은 물의 성질을 바꿀 수 없기 때문이네

약한 것이 강한 것을 이기고, 부드러운 것이 단단한 것을 이기네
세상에 이런 이치를 모르는 이 없으나, 아무도 능히 행하지 못하네
이런 까닭에 성인이 말하기를
나라의 치욕을 떠맡는 자를, 사직의 주인이라 하고,
나라의 흉조를 떠맡는 자를, 세상의 왕이라 하네
바른말은 반대로 들리기도 하네

\\\\

노자를 읽으며, 종종
여유로워지는 것을 경험합니다

약해도 괜찮고,
능력이 없어도 괜찮고,
치욕을 받아들이는 것도 나쁘지 않고
좋지 않은 일이 생겨도 나쁘지 않다고
넉넉한 웃음으로 말해 주는 것 같거든요

유약한 인생의 강물이 흘러갑니다

슈베르트, 겨울 나그네를 듣습니다

지금 이 순간,
넉넉할 뿐입니다

79장

天道無親 常與善人
우리 모두는 한 편이라네

和大怨 必有與怨 (화대원 필요여원)

安可以爲善 (안가이위선)

是以聖人執左契 (시이성인집좌계)

而不責於人 (이불책어인)

有德司契 (유덕사계)

無德司徹 (무덕사철)

天道無親 (천도무친)

常與善人 (상여선인)

깊은 원망은 화해하더라도 여한이 남는 법이니,

어찌 그것을 잘 처리했다 할 수 있겠는가

그러므로 성인은 빚진 자의 입장에 서서

다른 사람을 다그치지 않네

덕이 있는 사람은 빌려주는 일을 맡고,
덕이 없는 사람은 거두어들이는 일을 맡네

하늘의 도는 친한 편이 없고,
언제나 선한 사람에게 베푸네

\\\\

좋아라
자연이 내 편이라네
자연은 또 네 편이라네
우리 모두 한 편이라네

춤을 추자
둥글게 둥글게
빙글빙글 돌아가며
춤을 추자

80장

鷄犬之聲相聞

닭 우는 소리 개 짖는 소리 함께 들으며

小國寡民 (소국과민)

使有什伯人之器而不用 (사유십백인지기이불용)

使民重死而不遠徙 (사민중사이불원도)

雖有舟輿 無所乘之 (수유주여 무소승지)

雖有甲兵 無所陣之 (수유갑병 무소진지)

使民復結繩而用之 (사민복결승이용지)

甘其食 美其服 (감기식 미기복)

安其居 樂其谷 (안기거 락기곡)

鄰國相望 鷄犬之聲相聞 (인국상망 계견지성상문)

民至老死 不相往來 (민지노사 불상왕래)

나라가 작고 백성이 적으면

노자, 그 느낌을 노래하다

편리한 기계가 있어도 쓸 일이 없게 되고,
백성들은 죽음을 중히 여겨, 멀리 옮겨 살지 않게 되네

배와 수레가 있지만 탈 일이 없고,
군대가 있지만 진을 칠 일이 없네

백성들이 다시 밧줄을 묶어 쓰는 소박한 삶을 살게 되고
먹는 것을 달게 여기고, 입는 것을 아름답게 여기며
자기의 거처를 편안하게 여기고, 자기의 풍속을 즐기게 되네

이웃 나라가 서로 바라보이고, 닭 우는 소리, 개 짖는 소리 서
로 들려도
백성들은 죽을 때까지 서로 왕래(전쟁)하지 않네

\\\\\

"나의 살던 고향은
꽃피는 산골~
복숭아꽃~ 살구꽃~ 아기진달래~"

소박한 삶이 그려집니다
닭 우는 소리, 개 짖는 소리 함께 들으며
텃밭에 오이, 상추 나눠 먹던
고향 마을 풍경이 그려집니다

노자, 그 느낌을 노래하다

81장

旣以與人, 己愈多
남에게 주면 더 많아진다

信言不美 美言不信 (신언불미 미언불신)
善者不辯 辯者不善 (선자불변 변자불선)
知者不博 博者不知 (지자불박 박자부지)

聖人不積 旣以爲人 己愈有 (성인부적 기이위인 기유유)
旣以與人 己愈多 (기이여인 기유다)

天之道 利而不害 (천지도 이이불해)
聖人之道 爲而不爭 (성인지도 위이부쟁)

미더운 말은 아름답지 않고, 아름다운 말은 미덥지 않네
선한 사람은 변명하지 않고, 변명하는 사람은 선하지 않네
참으로 아는 사람은 많이 알지 못하고, 많이 아는 사람은 참으로 알지 못하네

성인은 쌓아 두지 않고 남을 위해 베풀지만, 더 많이 가지게 되고,
이미 남에게 주었으므로, 오히려 더 많아지네

하늘의 도는 이롭게 할 뿐 해롭게 하지 않네
성인의 도는 남을 위하지만 다투지는 않네

\\\\

남에게 주면 더 많아진다
조금은 알 듯해요

근무하는 학교의 교훈이 '남을 위해 살자'입니다
처음 교훈을 봤을 때, 코웃음이 나왔습니다
나를 위해 사는 것도 어려운데, 남을 위해 살자니…

시간이 지날수록,
남을 위해 살자는 교훈이
진리로, 참가치로 다가왔습니다
남을 위해 사는 것은 결국
자신을 위해 사는 것이라는 것을 알게 되었습니다

노자, 그 느낌을 노래하다

"旣以與人 己愈多,

남에게 주었으므로 오히려 더 많아진다"